ein Ullstein Buch

ein Ullstein Buch
Nr. 233
im Verlag Ullstein GmbH,
Frankfurt/M – Berlin – Wien
Titel der amerikanischen
Originalausgabe
»Cannery Row«
Einzig autorisierte Übertragung

Ungekürzte Ausgabe

Umschlagentwurf:
Hansbernd Lindemann
Alle Rechte vorbehalten
Mit Genehmigung des
Diana Verlags, Dr. S. Menzel, Zürich
© 1953 by Steinberg-Verlag, Zürich
Printed in Germany 1985
Gesamtherstellung:
Ebner Ulm
ISBN 3 548 00233 1

Januar 1985
425.–434. Tsd.

John Steinbeck   Die Straße der
Ölsardinen

Roman

ein Ullstein Buch

Für Ed Ricketts;
er weiß warum, vielleicht auch nicht

JOHN STEINBECK

Cannery Row ist mehr als nur eine Straße, es ist die Gegend der Ölsardinen und Konservenbüchsen, ist ein Gestank und ein Gedicht, ein Knirschen und Knarren, ein Leuchten und Tönen, ist eine schlechte Angewohnheit, ein Traum. Cannery Row — in Monterey, Kalifornien, zusammen- und auseinandergeschleudert — besteht aus Alteisen, Blech, Rost, Hobelspänen, aufgerissenem Pflaster, Baustellen voll Unkraut und Kehrichthaufen, aus Fischkonservenfabriken in Wellblechschuppen, aus Wirtschaften, Hurenhäusern, Chinesenhütten, Laboratorien, Läden voll mit Kram, aus Lagerhallen und faulen Fischen. Die Einwohner? Huren, Hurensöhne, Kuppler, Stromer und Spieler, mit einem Wort: Menschen; man könnte mit gleichem Recht sagen: Heilige, Engel, Gläubige, Märtyrer — es kommt nur auf den Standpunkt an.

Frühmorgens, wenn die Sardinenflotte vom Fang heimkehrt, watscheln schwerfällig die Netzeschlepper laut pfeifend in die Bucht. Die tiefbeladenen Boote landen da, wo die Konservenfabriken ihre Schwänze ins Meerwasser tauchen. Das Bild ist mit Absicht gewählt, denn sagte ich, daß die Sardinenfabriken ihre Mäuler ins Meer tauchten, so böten die verlöteten Fische, die am andern Ende zum Vorschein kommen, keinen Anlaß zu einem schönern Vergleich.

Die Fabriksirenen schrillen, und im ganzen Ort klettern Männer und Weiber in ihre Kleider, rennen zur Cannery Row hinunter und an die Arbeit. Blendende Wagen befördern die

Oberaufseher, Buchhalter, Fabrikbesitzer in ihre Büros. Ein Strom italienischer, polnischer und chinesischer Arbeiterinnen und Arbeiter in Gummihosen, Gummijacken und Wachstuchschürzen ergießt sich talab, die gefangenen Fische zu schneiden, zu putzen, zu kochen, zu verpacken und zu verlöten. Die ganze Gasse ächzt, stöhnt, grunzt, kreischt, rattert, während sich die Fischflut in silbernen Bächen ergießt. Die Boote heben sich höher und höher, bis sie entleert sind. In den Konservenschuppen klappert, knarrt, schreit und quietscht es, bis der letzte Fisch gesäubert, zerteilt, gekocht und verpackt ist. Abermals kreischen die Sirenen, und die triefenden, riechenden, abgehetzten »Polacken«, »Wops« und »Chinamen« kommen wieder zum Vorschein und ziehen mit hängenden Köpfen bergan. Die Cannery Row kommt zu sich und wird, wie sie war, zaubrisch und still. Ihr eigentliches Leben kehrt wieder. Die Stromer, die sich angewidert vom Arbeitsgetriebe unter eine dunkle Zypresse zurückzogen, hocken wieder auf den verrosteten Röhren der Baustelle, die niemand bebaut. Die Mädchen aus Doras Haus kommen ein bißchen an die Sonne, sofern sie da ist. Der Doktor vom Western Biological Laboratory, der in der Gasse nie anders als Doc genannt wird, schlendert über die Straße, um in Lee Chongs Kramladen einen Schoppen Flaschenbier einzukaufen. Henri, der Maler, durchschnüffelt wie ein Airedale den Abfallhaufen einer grasbewachsenen Parzelle nach Holz und Metallteilen, die er für seinen Bootsbau braucht.

Die Dunkelheit bricht herein. Vor Doras Freudenhaus flammt ein nie abnehmender Mond als Hauslampe auf. Kunden des Western Biological statten Doc einen Besuch ab, und dieser holt bei Lee Chong vis-à-vis noch fünf Flaschen.

Wie soll man es in seiner Lebendigkeit einfangen, dies Gedicht, dies Getön und Geleuchte, dies schlurfende, scharrende Traumgetriebe?

Es gibt Seegetier von so heikler Beschaffenheit, daß es einem unter den Händen zerbricht oder zerrinnt, wenn man es fangen will. Man muß ihm Zeit lassen, bis es von selbst auf eine Klinge kriecht, die man ihm hinschiebt, und es dann behutsam aufheben und in einen Behälter mit Meerwasser gleiten lassen.

Auf ähnliche Art muß ich wohl dieses Buch schreiben: die Blätter hinlegen und es den Geschichten überlassen, darüber hinzukriechen.

I

Lee Chongs Kramladen, kein Muster an Sauberkeit, war ein Wunder kaufmännischer Bedarfsdeckung. So eng er war, konnte man zwischen seinen vier Wänden doch alles finden, was der Mensch zum Leben und Glücklichsein brauchte. Kleider, Nahrung in Büchsen und frisch, Getränke, Tabak, Fischereigerät, Apparate, Motoren, Boote, Tauwerk, Mützen, Schweinekotelettes. Bei Lee Chong bekam man Schlüpfer, Seidenkimonos, ein Zehntel Whisky und eine Zigarre. Da ließ sich jede erdenkliche Laune und Lust befriedigen. Das einzige, was Lee Chong nicht führte, gab es gegenüber bei Dora.

Das Lädchen öffnete bei Morgengrauen und schloß erst, wenn der letzte wandernde Nickel vertan oder schlafen gegangen war. Nicht als ob Lee ein Geizhals gewesen wäre! Das war er nicht, aber wenn jemand etwas ausgeben wollte, stand er ihm zur Verfügung. Er war, ohne sich dessen zu rühmen, der wichtigste Mann der Cannery Row, denn da gab es niemand, der ihm im Lauf der Jahre nicht Geld schuldig war. Doch drängte Lee Chong seine Schuldner nicht; nur wenn eine Rechnung zu groß wurde, sperrte er den Kredit. Lieber als daß sie den Berg hinauf in die Stadt gingen, zahlten dann seine Kunden oder versuchten es wenigstens.

Lee war rund von Gesicht und zuvorkommend. Sein Englisch war unmißverständlich, entbehrte jedoch des Buchstabens R. Damals, als es in Kalifornien zu Chinesenverfolgungen kam, war ein Preis auf Lee Chongs Kopf gesetzt. Dann lag er in

Frisco in einem Krankenhaus und wartete, bis alles vorüber war. Was er mit seinem Geld anfing, wußte kein Mensch. Vielleicht bekam er es nie. Oder sein ganzer Reichtum bestand aus Rechnungen, die nie bezahlt wurden. Immerhin lebte er nicht schlecht, und seine Nachbarn hatten vor ihm Respekt. Seinen Kunden traute er so lange, bis weiteres Vertrauen lächerlich war. Wenn er jedoch, was vorkam, im Geschäft einen Bock schoß, wußte er seinen Fehler so zu drehen und zu wenden, daß dabei doch noch ein Vorteil heraussah. So zum Beispiel bei der Geschichte mit dem »Palace Hotel und Grillroom«, die jeder andere als einen Reinfall betrachtet hätte.

In seinem Kramladen stand Lee Chong stets hinter dem Zigarrentisch, zu seiner Linken die Registrierkasse, zur Rechten die Rechenmaschine. Vor ihm unter Glas lagen die braunen Zigarren, die Zigaretten, die Bull Durham, Dukes Mixture, Five Brothers, und an der Wand hinter ihm standen auf Regalen in viertel, halben, ganzen und doppelten Flaschen die Marken Old Green River, Old Town House, Old Colonel und die Spezial-Hausmarke Old Tennessee, ein Whisky-Verschnitt, garantiert vier Monate »old«, wohlfeil und unter dem Namen Old Tennisschuh in der ganzen Gegend berühmt.

Nicht ohne Grund stand Lee Chong zwischen Whisky und Kunden. Oft hatten findige Köpfe versucht, sein Augenmerk auf einen andern Teil des Ladens zu lenken. Vettern, Neffen, Söhne und Schwiegertöchter hatten lange gelauert, doch niemals Lee den Zigarren-, Kassen- und Whiskystand preisgeben sehen. Die Glasplatte war sein Pult. Hier ruhten die fetten, weichen Hände. Hier wanderten seine Finger gleich ruhelosen Würstchen. Ein dicker goldener Ehering am Mittelfinger der Linken war sein einziges Schmuckstück. Damit pochte er schweigend auf den Zahlteller, dessen Gummiriefelung längst abgewetzt war. Lees voller Mund war nicht ohne Wohlwollen, das Lächeln, das oft darüber hinhuschte, behäbig und warm. Er trug Halbgläser, und da er alles und jeden durch sie zu beäugen pflegte, bog er immerzu den Kopf nach hinten, vor allem, wenn er in die Ferne sah. Aus der Rechenmaschine rechts holten seine emsigen Wurstfingerchen Zinsen, Diskont, Additionen und Subtraktionen hervor; seine freundlichen braunen Augen huschten wachsam von einem zum andern Ende des Ladens, und seine Zähne blitzten.

Eines Abends stand er wieder einmal an seinem Platz auf einer Schicht Zeitungspapier, die ihm die Füße warm hielt, und sann betrübt und humorvoll zugleich einem Geschäftsgewinn nach, den er am Vormittag erzielt und der ihm am Nachmittag wieder zerronnen war ...

Wenn man aus Lee Chongs Kramladen herauskommt und quer über das grasbewachsene Grundstück zwischen den großen verrosteten Röhren durchgeht, die man in den Ölsardinenfabriken als unbrauchbar ausrangiert hat, dann stößt man auf einen ausgetretenen Pfad, der durch wucherndes Unkraut zu einer schwarzen Zypresse führt. Von dort geht der Weg über Bahngeleise und Stufen, den sogenannten Hühnersteig, hinauf zu einem niedrigen Gebäude, das seit langem der Aufbewahrung von Fischmehl diente. Es bestand aus einem einzigen großen gewölbten Raum und gehörte einem vielgeplagten Herrn namens Horace Abbeville, welcher zwei Frauen mit sechs Kindern sein eigen nannte und es Jahre hindurch mittels Bitten und Überredung fertiggebracht hatte, bei Lee eine Schuld anwachsen zu lassen, die in ganz Monterey ihresgleichen suchte.

An jenem Vormittag war er in den Kramladen gekommen, und sein niedergeschlagen nervöses Gesicht war zusammengezuckt vor der ernsten Entschlossenheit, mit der Lee ihm entgegensah. Verzweifelt starrte er auf den Fettfinger, der auf den Gummi-Zahlteller pochte. »Ich glaube«, sagte er sanft, »ich bin Ihnen einen Haufen Geld schuldig.«

Lees Gebiß blitzte anerkennend, denn diese Art der Eröffnung war ihm neu. Er nickte bedächtig und wartete, was für ein Dreh da wohl herauskommen werde.

Horace befeuchtete mit der Zunge die trockenen Lippen von einem Mundwinkel bis zum andern und seufzte: »Ich will meinen Kindern nicht diese Schuldenlast hinterlassen. Sonst geben Sie ihnen sicher kein Päckchen Pfefferminz mehr!«

Lee Chong widersprach nicht. »Haufen Geld«, murmelte er, und Mr. Abbeville fuhr fort: »Sie kennen doch da oben mein Haus, hinter der Bahn, den Schuppen, in dem der Fischdünger liegt . . .?«

Lee Chong nickte. Es war sein Fischmehl.

»Wenn ich Ihnen das Haus da oben gebe«, fragte Horace bedrückt, »ist dann zwischen uns alles im reinen?«

Lee legte den Kopf ins Genick und starrte Horace durch seine Halbgläser an. Während seine rechte Hand unruhig zu der Rechenmaschine hintastete, zog er im Geist die Bilanz und erwog die Bauart des Hauses. Es war nicht sehr stabil. Doch der Platz konnte an Wert gewinnen, wenn sich eine Ölsardinenfabrik einmal vergrößern wollte! »Schön«, sagte er endlich.

»Also dann geben Sie mir meine Schuldscheine, und ich bescheinige Ihnen die Eigentumsübertragung.« Horace schien es eilig zu haben.

»Ich gebe Ihnen eine Quittung, daß alles bezahlt ist«, erklärte Lee, »dann brauche ich nicht die Papiele zu suchen.«

Sie beendigten ihren Handel mit zwei Zehntel Old Tennisschuh, die Lee in Würde und Förmlichkeit auftischte. Hierauf schritt Abbeville aufrecht quer über den Grasplatz an der dunklen Zypresse vorbei, über die Schienen, den Hühnersteig hinauf geradewegs in das Haus, das nicht mehr das seine war, und erschoß sich auf einem Fischdüngerhaufen. Und, obwohl es nichts mit dieser Geschichte zu tun hat, keinem der Abbeville-Kinder, ganz gleich, ob es nun von der einen oder der andern Frau war, fehlte es künftig an einem Pfefferminzchen.

Doch zum Abend zurück. Horace Abbeville lag auf dem Schragen. Im Leichnam steckten die Einbalsamierungsnadeln. Auf seines Hauses Stufen saßen eng umschlungen seine zwei Frauen. (Bis zur Bestattung waren sie gut Freund miteinander; dann verteilten sie ihre sechs Kinder untereinander, und keine sprach mehr mit der andern ein Wort.) Lee Chong aber stand hinter seinen Zigarren; die braunen Augen blickten gelassen nach innen, und seine Gedanken waren chinesisch. Er sagte sich, daß er an dem traurigen Vorfall nichts hätte ändern können, aber er wünschte, er hätte es vorher gewußt und hätte versucht zu helfen. Des Menschen Recht, sich den Tod zu geben, war für ihn unbestreitbar; diese Anschauung wurzelte tief in seinem menschlich duldsamen Gemüt. Aber manchmal könnte ein Freund die Ausübung dieses unverletzlichen Rechtes unnötig machen, dachte er bekümmert. Er hatte bereits die Kosten für das Begräbnis auf sich genommen und den Hinterbliebenen einen Wäschekorb voll Kolonialwaren geschickt.

Nun gehörte ihm Abbevilles Haus, mit seinem wohlerhaltenen Dach, dem festen Fußboden, zwei Fenstern und einer Tür. Allerdings war es voll Fischdünger und der Gestank nicht zum Aushalten. Lee erwog, ob er es nicht als Warenlager verwenden könnte, doch er verwarf diesen Gedanken; es lag zu weit ab, und jeder konnte durch eines der Fenster einsteigen.

Während er noch unschlüssig überlegte und den Gummiteller mit seinem Goldring beklopfte, öffnete sich die Ladentür, und Mack kam herein. Mack war der Anführer, Häuptling, Wortführer, Kumpan und in bescheidenem Umfang Ausbeuter einer kleinen Gruppe von Burschen und Männern, welche keine Familie, kein Geld und weiter kein Streben hatten als Essen, Trinken und Wohlbefinden. Aber während die meisten Menschen auf der Suche nach Wohlbefinden sich selbst ruinieren und so ihr Ziel nicht erreichen, erlangten Mack und seine Freunde in aller Gemütsruhe die volle Befriedigung ihrer Wünsche und genossen ihre Leben.

Mack und Hazel (der ein Jüngling von ungewöhnlicher Stärke war), Eddie, der Aushilfsbarmann bei La Ida, Hughie und Jones, die gelegentlich Frösche und Katzen für das Western Biological fingen, wohnten zur Zeit auf dem Platz gegenüber Lee Chong in den großen verrosteten Röhren, das heißt, sie nächtigten dort, wenn es regnete. Bei schönem Wetter hausten sie am Ende des Grundstücks im Schatten der dunklen Zypresse, deren untere Äste sich baldachinartig herunterbogen. Da lagen die fünf in guter Ruhe nud schauten gelassen auf das Fluten und Treiben von Cannery Row.

Wenn Mack den Laden betrat, gab es Lee stets einen leichten Ruck. Mit raschem Blick versicherte er sich, ob nicht auch Eddie oder Jones, Hazel oder Hughie dabei waren, und sich am Ende irgendwo hinter und zwischen den aufgestapelten Waren herumtrieben.

Mack legte mit bezwingender Aufrichtigkeit seine Karten offen auf den Tisch: »Lee, ich und die Jungens haben gehört, du bist jetzt Besitzer von Abbevilles Haus.«

Chong nickte und wartete, und Mack fuhr geläufig fort: »Ich und meine Freunde haben uns nun gedacht, es wäre doch nett von dir, wenn wir da einziehen könnten. Wir würden niemand bei dir einbrechen oder etwas beschädigen lassen. Es könnten zum Beispiel sonst Kinder die Fensterscheiben einschlagen; du weißt —«, deutete er leise an, »das Ding könnte auch abbrennen, wenn niemand aufpaßt.«

Lee bog den Kopf zurück und sah durch die Halbgläser Mack in die Augen. Seine Finger verlangsamten ihr Tempo über dem Gummiteller, er dachte tief nach, doch entdeckte sein forschender Blick in Macks Augen nur Treue und den guten Willen, jedermann glücklich zu sehen. Warum fühlte sich Chong trotzdem umzingelt? Warum liefen seine Gedanken so biegsam geschmeidig wie eine Katze, die sich zwischen einer Kaktusanlage durchwindet? Macks Angebot hatte geradezu philanthropisch geklungen. Aber Lees Geist hüpfte weiter zu dem, was möglich — nein, was unausbleiblich war, und sein beringter Finger pochte nur noch ganz langsam. Er sah sich Macks Antrag zurückweisen, erblickte zerbrochene Fensterscheiben, sah Mack wiederkommen, sein Angebot wiederholen und nach dessen abermaliger Ablehnung Flämmchen züngeln, ja, er roch schon den Rauch! Er sah sogar Mack und die Jungens voll Eifer beim Löschen des Brandes.

Chongs Mittelfinger lag wie tot auf dem Zahlteller. Er war geschlagen und war sich dessen bewußt. Ihm blieb nur noch die Möglichkeit, das Gesicht zu wahren. »Beliebt ih, mi fü mein Haus Miete zu zahlen? Ih wohnt dot wie in einem Hotel.«

Mack lächelte großmütig, denn das war er, und rief: »Na, höre, das ist doch selbstverständlich, gewiß! Wieviel?«

Lee dachte nach. Er wußte genau, es kam gar nicht drauf an, wieviel er verlangte; er bekam auf keinen Fall etwas. Er hatte nur einen angemessenen Betrag zu nennen, um sein Gesicht zu wahren. Also: »Fünf Dollar die Woche.«

Mack spielte seine Rolle vollendet. Er wiegte zweifelnd den Kopf. »Das muß ich erst mit den Jungens besprechen.« Dann bittend: »Ging's nicht mit vier Dollars wöchentlich?« Lee Chong beharrte auf fünf. »Ich werde mein möglichstes tun«, versprach Mack sorgenvoll. »Ich weiß nicht, wie sich die andern dazu stellen.«

War das nicht die glücklichste Lösung für alle Beteiligten? Sie war's, und wenn einer meint, Lee Chong habe dabei verloren, so wurde diese Ansicht durchaus nicht von ihm geteilt. Seine Fenster blieben nun heil. Es entstand keine Feuersbrunst. Zwar würde nie Miete eingehen, selbst nicht, wenn die Mieter Geld hatten, was zuweilen der Fall war. Dafür aber würde es nie dazu kommen, daß sie ihr Geld woanders hintrügen als in Chongs Kramladen! Da hatte er sich fünf leistungsfähige Kunden gut eingewickelt. Mehr noch! Wenn wieder einmal ein Trunkenbold im Laden Händel anfangen oder die New-Monterey-Clique zum Plündern ausschwärmen sollte, brauchte er nur zu rufen, und seine neuen Mieter würden zu seiner Hilfe herbeieilen. Und noch ein Band war geknüpft: bei einem Wohltäter stiehlt man nicht! Was Lee Chong allein dadurch an Kondensmilch, Büchsenbohnen, Büchsentomaten und Wassermelonen ersparte, überstieg den Betrag der Miete bei weitem. Wenn statt dessen Kolonialwarenhandlungen in New Monterey plötzlich einen zunehmenden, unerklärlichen Abgang an ihren Beständen verzeichnen mußten, ging es Lee Chong nichts an.

Die fünf zogen ein und der Fischdünger aus, und keine sterbliche Seele wußte, wer dem Hause den Namen gab, unter dem es fürderhin weiterlebte: »Palace Hotel und Grillroom«. In den Röhren und unter der Zypresse war kein Platz für Möbel und Nippes gewesen, die nicht nur Merkmale, sondern auch Marksteine menschlicher Zivilisation sind. Im Palace Hotel war es anders. Die Jungens setzten sich in den Kopf, es fein auszustatten. Ein Sessel erschien, ein Bett und ein Stuhl. Eine Eisenhandlung stiftete gern eine Büchse roter Farbe, denn sie erfuhr nie etwas davon, und als ein tadellos neuer Tisch und eine Fußbank eintrafen, wurden sie sogleich rot übermalt, was sich nicht nur hübsch ausnahm, sondern sie zugleich sachgemäß tarnte für den Fall, daß der ehemalige Besitzer sie zufällig zu Gesicht bekommen sollte.

Palace Hotel und Grillroom entwickelten sich. Die neuen Mieter saßen vor ihrer Tür und blickten über die Schienen, den Grasplatz, die Straße hinab in die Fenster des Western Biological. Nachts hörten sie die Musik, die aus dem Laboratorium kam. Ihre Blicke folgten Doc über die Gasse, wenn er bei Lee Bier holen ging. Und Mack sprach: »Dieser Doc ist ein feiner Kerl. Man müßte ihm einmal eine Freude bereiten.«

II

Im Anfang war das Wort Gleichnis und Ergötzen, das in sich einsog und aufnahm Menschen und Schauplätze, Bäume, Pflanzen, Fabriken und Pekinesen. Und es wandelte sich ein jegliches Wesen und Ding in ein Dingwort und von da wieder zurück zum Ding. Nun aber war es eingesponnen und eingewoben in Phantasie. Und das Wort sog in sich ein die Straße der Ölsardinen, verdaute sie und spie sie aus. Da hatte die Straße den Schimmer der neugeborenen Welt und himmelspiegelnder Meere. Cannery Row ...

Lee Chong ist mehr als ein chinesischer Krämer — vielleicht verlor er einmal sein Gleichgewicht und fand es wieder durch Gutsein —, ein asiatischer Wandelstern, schwebend in seiner Bahn gehalten durch die Anziehungskraft eines Lao Tse und ferngehalten von Lao Tse durch die Zentrifugalkräfte von Registrierkasse und Rechenmaschine, Planet Chong, der da kreist und sich dreht, auf- und untergeht zwischen Warenballen und Geistern, ein harter Mann vor einer Büchse Bohnenkonserven, ein weicher Mann vor seines Großvaters Gebeinen.

Lee Chong grub in einem Grab des Chinesenviertels und fand dort vergilbte Knochen und einen Schädel, an dem noch der graue Zopf haftete. Und er ordnete seinen Fund sorgsam, Unter- und Oberschenkel und Schienbeine in zwei Reihen, dazwischen Schädel, Becken und Schlüsselbeine im Kranze der Rippen, und verpackte es gut und sandte seinen zerbrechlichen Großvater über den Großen Ozean, auf daß er Ruhe fände in der von den Ahnen geheiligten Erde.

Auch Mack und die Jungens drehen sich freischwebend in ihren Bahnen. Sie sind die Grazien, die Reize, die Tugenden in dem verrückten Wirbel von Monterey, im Kosmos und Chaos der Staaten, darinnen Menschen in Hunger und Angst sich im Kampf um Nahrung und Sicherheit ihren Magen verderben und Leute, hungernd nach Liebe, alles rings um sich her zerstören, was liebenswert ist. Mack und die Jungens sind Grazien, Reize und Tugenden. In einer Welt, die beherrscht ist von schwärenbedeckten Panthern, benagt von Aaskäfern und blinden Schakalen, von brünstigen Bullen mißbraucht, speisen Mack und die Jungens köstlich mit Tigern, liebkosen die tollen Färsen und wickeln Brosamen ein, um die Seemöwen von Cannery Row zu füttern. Was hülfe es dem Menschen, wenn er die ganze Welt gewänne und säße in deren Besitz mit einem Magenkrebs, Sodbrennen und Prostataschwellung! — Mack und die Jungens meiden die Fallen, machen einen Bogen um Gifte und steigen hinweg über Schlingen und Fallstricke. Und währenddem beschimpft sie eine Generation von vergifteten, eingefangenen, überfütterten Leuten und nennt sie Taugenichtse, Windhunde, Diebsgesindel, Stromer, Halunken, mit euch nimmt's noch ein böses Ende, ihr Schandfleck der Stadt! —

Unser Vater, der du bist in der Natur und überleben läßt den Kojoten, die Wanderratte, die Schmeißfliege, den Spatz und die Kleidermotte, du mußt eine unermeßliche, überwältigende Liebe hegen für Taugenichtse, Schandflecke und Stromer und Mack und die Jungens, Tugenden, Grazien, Lässigkeit, Wohlbehagen.

Unser Vater, der du bist in der Natur ...

III

Lee Chongs Haus steht rechts von der leeren Parzelle (warum sie »leer« genannt wird, wo sie doch voll ist von alten Kesseln, rostigen Röhren, Balken und ganzen Haufen weggeworfener Kanister, weiß kein Mensch), und dahinter sind oben die Bahngeleise, und höher noch kommt man zum Palace Hotel. Links aber stößt an die leere Parzelle der imponierende Hurentempel von Dora Flood, ein sauberes, altmodisches, hochanständiges Etablissement, in dem man mit seinen Freunden ungestört ein Glas Bier trinken kann. Oh, das ist keine Neppbude, kein frivoles Stundenhotel, sondern ein gediegener, ehrenwerter Klub, gegründet, geführt und dirigiert von Dora, welche als Madam und Dirne seit fünfzig Jahren dank ihrer besonderen Begabung, ihrem ausgesprochenen Takt, ihrer Mildtätigkeit, Ehrlichkeit, langjährigen Erfahrung und Übung sich der Hochachtung aller Weisen, Intelligenten und Guten erfreut. Aus den gleichen Gründen ist sie aber bei den verdrehten und geilen verheirateten alten Jungfern verhaßt, deren Ehegatten ihr Heim zwar achten, aber nicht lieben.

Dora ist ein großartiges Weibsbild mit flammend orangefarbenen Haaren und einer Vorliebe für nilgrüne Abendkleider. Sie hat feste Preise, verkauft keinen Fusel und duldet kein unsittliches Wort in ihrem Betrieb. Infolge Alters und anderer Gebrechen sind einige ihrer Mädchen nur wenig beschäftigt, aber Dora setzt sie deshalb nicht vor die Tür. »Das paßt euch so«, bemerkt sie dazu. »Drei dicke Mahlzeiten täglich, aber keine drei Stöße im Monat!«

In einer Anwandlung von Patriotismus hatte Dora ihr Unternehmen auf den Namen »Restaurant Flotte Flagge« getauft. Seitdem berichteten eine Reihe Anekdoten von ahnungslosen Leuten, die sich auf der Suche nach einem Schinkenbrötchen zu Dora verirrten. Zwölf Mädchen, die pensionierten inbegriffen, bildeten ihre Kerntruppe. Außerdem gab es da einen griechischen Koch und den Nachtwächter, dem alle schwierigen und delikaten Geschäfte oblagen, als da sind: Besoffene hinauszuschmeißen, Eifersüchtige zu trennen, Hysteriker zu beruhigen, Kopfschmerzen zu kurieren und Getränke zu mixen. Er verband Schnitt-, Hieb- und Stoßwunden, ging bei Tag mit den Polizisten spazieren, und da gut die Hälfte der Mädchen Christian Science anhingen, verlas er jeden Sonntagmorgen mit lauter Stimme den Wochenabschnitt aus *Science and Health*. Sein Vorgänger war keine so ausgeglichene Natur gewesen; er hatte ein trauriges Ende genommen, ich werde es nachher erzählen. Alfred hatte es leichter gehabt und war über alle Anfechtungen Sieger geblieben. Er wußte, was er sich schuldig war, und sah auf den ersten Blick, wer hier richtig am Ort war und wer fehl. Die häuslichen Verhältnisse der Bürger von Monterey kannte er besser als irgendwer in der Stadt.

Was Dora anging, so führte sie ein widerspruchsvolles Dasein. Da dieses, dem Buchstaben nach, gegen ein Gesetz und die »gute Sitte« verstieß, mußte sie alle anderen Gesetze und Sitten mit doppelter Strenge innehalten. Da durfte kein Unfug, kein Saufgelage, kein Krach und kein Faustkampf stattfinden, sonst würde man ihr Etablissement schließen, und vor allen Dingen mußte sie wohltätig sein. Von allen Seiten wurde sie angezapft. Wenn die Polizei zum Besten ihres Pensionsfonds einen Ball veranstaltete und jeder Bürger einen Dollar beisteuerte, mußte sie fünfzig stiften, und wenn die Handelskammer ihre Gartenanlagen verschönerte und die Kaufleute je fünfzig Dollars zeichneten, ging man Dora um hundert an, und sie rückte damit heraus, ohne zu murren. So ging es mit allem! Wenn die Pfadfinder, das Rote Kreuz oder der Hauspflegeverein sammelten, stand stets ein Prozentsatz von Doras scham- und ruhmlosem, schmutzigem Sündenlohn obenan auf der Spendenliste. Von der Wirtschaftsdepression wurde sie schwerer als andere betroffen; sie sah die hungrigen Gassenkinder und ihre arbeitslosen Väter, ihre bekümmerten Mütter und beglich rechts und links zwei Jahre lang deren Rechnungen für Lebensmittel. Nur mit Mühe kam sie um den Bankrott herum.

Doras Mädchen waren wohlerzogen und heiter, und keine redete einen Herrn auf der Straße an, auch nicht, wenn er die Nacht zuvor bei ihr war.

Bevor Alfred sein Amt als Nachtwächter übernahm, hatte sich im Restaurant Flotte Flagge eine Tragödie abgespielt. Der damalige Nachtwächter hieß William, ein verdüsterter Mensch mit einsamen Augen. Er war der Weibergesellschaft satt, und wenn er tagsüber müßig zu einem Seitenfenster hinausschaute, sah er Mack und die Jungens auf dem leeren Platz im Sonnenschein auf ihren Röhren hocken. Wilde Malven wuchsen um ihre baumelnden Beine. Sie diskutierten gemächlich über allerhand Dinge von Interesse und ohne Bedeutung. In gemessenen Abständen sah William sie eine Flasche Old Tennisschuh aus der Hosentasche ziehen, mit dem Ärmel über den Flaschenhals wischen und einer dem anderen zutrinken. Er wünschte sehnlich, Anschluß bei ihnen zu finden, und ging daher eines Tages hinüber und setzte sich neben sie auf eine Röhre.

Die Unterhaltung brach ab. Feindseliges Schweigen entstand und dauerte an, bis William trostlos zur Flotten Flagge zurückkehrte. Da lebte die Unterhaltung sogleich wieder auf; er sah es durchs Seitenfenster, und es betrübte ihn. Er war düster und häßlich, sein Mund verzerrt.

Am folgenden Tag ging er wieder hinaus, mit einer Flasche Whisky bewaffnet. Mack und die Jungens tranken den Whisky, sie waren ja nicht verrückt, aber ihr ganzes Gespräch bestand nur aus »Wohl bekomm's!« und »Gott vergelt's!«. Da kehrte denn William bald wieder in die Flotte Flagge zurück und beobachtete die Clique von seinem Fenster aus und hörte Mack die Stimme erheben: »Zuhälter sind mir zum Kotzen!« Dabei stimmte das gar nicht, es war nur so hingeredet, aber William wußte es nicht. Mack und die Jungens mochten ihn bloß nicht, das war alles.

Ihm aber brach es das Herz. Selbst für die Stromer war er ein Paria . . .! Er hatte von jeher zu Selbstanklagen und Selbstverachtung geneigt. Er nahm seinen Hut und ging den Strand entlang bis zum Leuchtturm. Dort befand sich ein kleiner Friedhof; William stand in düsteren Gedanken. Niemand mochte ihn, keiner achtete oder kümmerte sich um ihn. Und wenn man ihn auch Nachtwächter hieß — er war ein Zuhälter, ein elender, schmieriger Zuhälter, das Verächtlichste auf der Welt. Und dann dachte er, daß er doch auch ein Recht habe zu leben, ja, das hatte er! Zornig begab er sich auf den Rückweg, aber sein Zorn verging, als er sich dem Restaurant Flotte Flagge näherte und die Treppe emporstieg.

Es war Abend. Der Musikautomat spielte *Harvest Moon*. Da gedachte William der ersten, die ihm einst Augen gemacht hatte. Sie hatte dies Lied sehr geliebt und war ihm dann weggelaufen, hatte geheiratet, und er hatte sie nie wiedergesehen. Der Song machte ihn todsterbenstraurig.

Im Hinterstübchen saß Dora bei einer Tasse Tee, als der Nachtwächter eintrat. »Was gibt's?« fragte sie. »Bist du krank?«

»Nein«, antwortete William. »Wann bekomme ich übrigens meine Prozente? . . . Mir geht's saumäßig; ich möcht' mich am liebsten auf der Stelle erschießen.«

Dora waren im Laufe der Zeit schon viele Neurotiker untergekommen. Bloß nicht ernst nehmen! war ihre Devise, und daher bat sie: »Mach das aber in deiner dienstfreien Zeit, und verdrecke mir dabei die Teppiche nicht!«

Dieser Zuspruch legte sich wie eine feuchtgraue Wolke um Williams Gemüt; er wankte langsam hinaus, in die Halle hinunter und klopfte an Eva Flanegans Tür.

Eva war rothaarig und ging jeden Sonntag zur Beichte. Sie war aus guter, großer Familie, fromm, doch eine unbekehrbare Säuferin. Als William hereinkam, malte sie sich die Nägel und verschmierte sie sich vor Schreck. Und wenn William es nicht schon gewußt hätte, daß sie in Hoffnung war, hätte er es ihr jetzt ansehen können. Ihre Finger waren bis zum ersten Glied voller Nagelpolitur. Das ärgerte sie. Schwangere Mädchen ließ Dora nicht arbeiten, und das ärgerte sie noch mehr. »Was willst du?« schrie sie ihn an.

»Ich will mich erschießen!« brüllte er wütend zurück.

»So eine lausig verruchte, stinkende Sünde!« keifte sie los. »Das sieht dir ähnlich, jetzt drückst du dich, nichtsnutziger Bankert! Gerade, wo ich genügend zusammen habe, um auf einen Sprung nach East St. Louis zu fahren.« Sie tobte noch, als er die Tür wieder hinter sich zugemacht hatte und sich auf dem Wege zur Küche befand, zu dem griechischen Koch. Die Weiber hatte er gründlich über.

In der großen weißen Schürze, die Ärmel aufgerollt, stand der Grieche vor zwei Pfannen; darin schmorten Schweineschnitzel, die er mit einem Spieß wendete. Das zischte und spritzte, und der Koch fragte: »Na, Billie, wie steht's?«

»Ich weiß nicht, Lulu, manchmal denke ich mir, es ist das beste, ich mache — klack!« Dabei fuhr er sich mit dem Finger quer über die Kehle.

Der Grieche legte den Spieß auf den Herd, rollte die Ärmel höher und bemerkte: »Mein lieber Bill, da kann ich nur sagen, und das hab' ich schon oft gehört: Leute, die davon reden, tun es nicht.«

William langte derweil nach dem Eispickel und wog ihn, als sei es zum Spiel. Dabei sah er tief in Lulus dunkle Augen und las darin Unglauben und Spott. Doch wie er so in sie hineinstarrte, änderte sich der Ausdruck der griechischen Augen, wurde verwirrt, verstört, entsetzt, und als William das sah, erkannte er: Jetzt merkt der Grieche, daß ich dazu imstande bin, und jetzt — jetzt weiß er, ich tue es.

Und weil er dies in den Augen des Griechen las, wußte William, daß er es tun müsse, unbedingt, obwohl es ihm nun dumm vorkam. Seine Hand hob sich. Der Stecher drang in die Herzgegend, und zwar erstaunlich leicht.

William war Alfreds Vorgänger gewesen. Alfred war sogleich bei allen beliebt. Er durfte jederzeit auf der Röhre bei Mack und den Jungens Platz nehmen; er konnte sie sogar in ihrem Palace besuchen.

IV

Am Abend in der grauen Dämmerzeit nach Sonnenuntergang geschieht an der Cannery Row etwas Sonderbares. Den

Berg herab, am Palace vorbei, den Hühnersteig hinunter und über den leeren Platz kommt ein alter Chinese. Er trägt einen alten flachen Strohhut, blaue baumwollene Hosen und Jacke; an seinen schweren Schuhen ist eine Sohle los und klatscht beim Gehen auf den Boden. In der Hand trägt er einen zugedeckten, aus Weiden geflochtenen Korb. Sein Gesicht ist hager und braun und rissig wie getrocknetes Rindfleisch. Auch seine alten Augen sind braun, selbst die Augäpfel, und liegen so tief, daß es ist, als käme sein Blick aus Höhlen.

Mit der Dunkelheit kommt er über die Straße, geht zwischen dem Western Biological und der Hediondo-Konservenfabrik zum Strand und verschwindet zwischen den Pfeilern und stählernen Stützen der Landungsbrücken. Bis zur Morgendämmerung sieht ihn niemand wieder.

Aber in der Morgendämmerung, wenn die Straßenbeleuchtung erlischt und der Tag noch nicht da ist, kriecht der alte Chinese zwischen den Pfeilern hervor und wandert über den Strand und die Gasse. Sein Weidenkorb trieft. Die lose Schuhsohle klatscht auf den Boden. So geht er bergan bis zur Zweiten Straße, tritt durch das Tor eines hohen Bretterzaunes und wird nicht mehr gesehen — bis zum Abend. Die Leute hören im Schlaf seine klatschende Sohle und werden einen Moment wach. Das geht so seit Jahren, doch keiner hat sich daran gewöhnt. Einige denken, es ist Gott, und sehr alte Leute meinen, es ist der Tod. Kinder sehen in ihm einen komischen alten Chinesen; Kinder halten ja meist etwas seltsames Altes für komisch. Sie necken ihn trotzdem nicht und rufen auch nicht hinter ihm her. Ein Wölklein Ehrfurcht umschwebt ihn.

Einmal aber geschah es, daß ein kecker und schöner Knabe mit Namen Andy den Weg des alten Chinesen kreuzte. Andy kam aus Salinas; er war nur zu Besuch in Monterey, und als er den Alten erblickte, stand für ihn fest, er müsse jetzt etwas hinter ihm her rufen, sei es auch nur aus Selbstachtung. Aber sogar der kecke Andy verspürte das Wölklein Furcht.

Furcht und Kühnheit kämpften in ihm, wenn er den Gelben Abend für Abend auftauchen sah, und endlich faßte er sich ein Herz, marschierte hinter ihm her und sang schrill:

>»Ching, chong, Chinaman
hockte auf dem Topf.
Kam des Wegs ein weißer Mann,
schnitt ihm ab den Zopf!«

Da blieb der Alte stehen und wandte sich um. Seine tiefen, braunen Augen waren auf Andy gerichtet, die rissigen dünnen Lippen bewegten sich.

Was nun geschah, konnte Andy niemals erklären und nie vergessen. Die Augen erweiterten sich und breiteten sich aus, bis nichts mehr von dem Chinesen zu sehen war. Da war nur noch ein einziges Auge, groß wie ein Kirchentor, und als Andy in das braune, durchsichtige, schimmernde Tor sah, gewahrte er eine meilenweite ebene Landschaft. Hinter ihr erhob sich eine bewegte Kette von Bergen; die sahen aus wie Köpfe von Hunden und Kälbern, einige auch wie Pilze und Zelte. In der Ebene aber wuchs niedriges rauhes Gras; da und dort waren Erdhäuflein, und auf jedem saß etwas, das sah aus wie ein Murmeltier. O diese Einsamkeit, dieses trostlose kalte Allein-sein . . .

Andy schluchzte. Denn niemand war mehr auf der ganzen Welt. Er war allein gelassen.

Er schloß die Augen, um die Einsamkeit nicht zu sehen, und als er sie wieder auftat, stand er auf der Cannery Row, und des alten Chinesen Schuhsohle klatschte den Boden zwischen der Hediondo-Fabrik und dem Western Biological.

Andy war der einzige Junge, der je so etwas tat, und er tat es nie wieder.

V

Das Western Biological lag gegenüber dem leeren Platz, und wenn man zu seiner Haustür heraustrat, hatte man halb rechts Chongs Kramladen und halb links Doras Flotte Flagge. Es führt die herrlichsten, seltsamsten Waren, die schönen Tiere des Meeres, Schwämme, Manteltiere, Meeranemonen, grünliche Schlangensterne, Seeigel und Seesterne, Sonnensterne, Muscheln, Seepocken, Würmer, die vielgestaltigen märchenhaften Geschwister der Tiefsee, Nudibranchien und Tectibranchien, die stacheligen und warzigen Seeigel, Taschenkrebse und Krabben, die kleinen Drachen, die schnappenden Garnelen und die Gespenstergarnelen, die so durchsichtig sind, daß sie kaum einen Schatten werfen. Auch Käfer und Schnecken und Spinnen gibt es im Western Biological zu kaufen; Klapperschlangen und Ratten, Raupen und Bienen, alles ist vorhanden, sogar ungeborene Menschenkinder, einige vollständig, andere zwischen Glasplättchen, in dünne Scheiben geschnitten. Zu Studienzwecken finden sich Haifische hier, denen Doc an Stelle des Blutes gelben und blauen Farbstoff in die Venen und die Arterien gespritzt hat, so daß die Studenten mit einem Skalpell den Blutkreislauf genau zu verfolgen vermögen; ein Gleiches bei Katzen und Fröschen. Beim Western Biological kannst du jegliches Lebewesen bestellen; früher oder später bekommst du es.

Das Haus ist niedrig, zu ebener Erde nach der Straße hin befindet sich der Lagerraum mit Regalen, die bis zur Decke reichen und mit Gläsern und Flaschen voll präparierter Tiere beladen sind. Daneben ein Ausguß und Instrumente für Injektionen und Einbalsamierungen. Durch den Hinterhof gelangt man zu einem Schuppen, der auf Pfählen über dem Meere ruht. Hier sind die Bassins für das große Seegetier, Haie und Rochen und Tintenfische, jede Gattung in ihrem eigenen zementierten Behälter. Von hier führt eine Treppe zum Arbeitszimmer, in dem ein Schreibtisch mit einem Stapel unerledigter Post, Registrierschränke und ein stets offener Kassenschrank stehen. Einmal wurde er aus Versehen geschlossen! Niemand kannte das Geheimnis der Buchstabenkombination, und drinnen lag eine geöffnete Büchse Ölsardinen und Roquefortkäse! Furchtbare Gerüche entwickelten sich in dem Safe, bis endlich der Schrankfabrikant das Kennwort sandte. Damals entdeckte Doc ein Verfahren, mittels dessen sich jedermann, falls er Bedarf danach hätte, an einer Bank rächen könnte. Er brauche nur, riet Doc, einen Safe zu mieten, einen ungeräucherten Salm darin zu deponieren und dann für sechs Monate zu verreisen. Was seinen eigenen Tresor anging, machte er es sich zum Gesetz, nie wieder Nahrungsmittel darin zu verwahren. Er legte diese von nun an in seine Registrierschränke.

Hinter dem Arbeitszimmer ist ein Raum, in dessen Aquarien sich zahllose Fischarten tummeln. Da stehen ferner Werkbänke, Maschinen, Gestelle mit Medikamenten, Reagenzgläser, Retorten, Glasschalen sowie das Mikroskop und Chemikalien. Düfte von Formalin und Essigsäure, Äther, Chloroform, Chlor, getrockneten Seesternen, Menthol, Riechsalz, Meerwasser, Packpapier, Kleister, Schmieröl, Bananenöl, Gummilösung, Stiefelwichse, nassen Wollsocken, Klapperschlangen, Mäuse-, Katzen- und Rattendreck entsteigen diesem Bereich. Durch Hinterfenster und Hintertür dringen bei Ebbe die Gerüche von Tang und faulen Muscheln, bei Flut Salzgeruch, Schaum und Gischt.

Links an das Arbeitszimmer schließt sich die Bibliothek. Bis zur Decke reichen die Bücherbretter mit Bänden jeglicher Größe — Enzyklopädien, Wörterbücher, Gedichte, Dramen, gebunden und ungebunden, und Schachteln voller Broschüren und Separata; an einer Seitenwand steht ein Plattenspieler, daneben die Platten zu Hunderten sorgfältig aufgereiht. Unterm Fenster ist ein roter Diwan, und an den Wänden und den Rahmen der Büchergestelle sind mit Stecknadeln Reproduktionen nach Daumier, Graham, Tizian, Leonardo, Picasso, Dali, George Grosz in Augenhöhe befestigt, so daß man sie, so man Lust hatte, in aller Bequemlichkeit ansehen konnte. Auch Stühle und Bänke gibt es in dem engen Gemach und dazu noch ein Bett. Es waren hier schon einmal vierzig Personen beisammen gewesen.

Hinter diesem Musik- oder Lesezimmer, oder wie man es sonst nennen mag, ist die Küche mit Gasofen, Boiler und Ausguß. Und während im Zimmer nebenan Lebensmittel in der Registratur aufbewahrt werden, befinden sich hier Teller, Gläser, Tassen und auch Schmalztöpfe und Gemüse hinter Glastüren in Bücherschränken. Doch ist dies keine Schrulle, sondern ein Zufall. Außerdem hängen von der Küchendecke Speckschwarten, Salamiwürste und schwarzgeräucherte Seegurken. Nebenan befinden sich die Toilette und die Dusche. Die Toilette lief seit fünf Jahren, bis sich ein kluger Gast entschloß, das Leck mit einem Kaugummi zu verkleben.

Doc war der alleinige Eigentümer, Direktor, Praktikant und Aufwärter des Western Biological. Er war klein von Gestalt, aber das täuschte! Er war verdammt stark und sehnig, und wenn ihn die Wut packte, konnte die Sache gefährlich werden. Er trug einen Bart. Sein Gesicht war wie eine Mischung aus Christus- und Satyrkopf, und das entsprach seinem innersten Wesen. Er hatte, so hieß es, schon manchem Mädchen aus einer Verlegenheit heraus- und in eine zweite hineingeholfen. Er hatte Hände wie ein Gehirnchirurg, einen kühlen Geist und ein warmes Herz. Wenn ihm ein Hund begegnete, griff er an seinen Hut. Dann sah der Hund zu ihm empor und lächelte. Doc konnte, wenn es sein mußte, alles und jedes töten, doch ohne wissenschaftlichen Grund keiner Fliege etwas zuleide tun. Vor einer einzigen Sache hatte er Angst: sein Kopf könnte naß werden; er trug daher, ob Sommer, ob Winter, einen wasserdichten Hut. Er konnte bis zur Brust durch einen Tümpel waten, ohne daß ihn die Nässe genierte, doch ein Tröpfchen Regen auf seinen Scheitel regte ihn wahnsinnig auf.

Während einer Reihe von Jahren hatte Doc an der Cannery Row völlig zurückgezogen gelebt und war ein Quell der Weisheit, Kunst und Naturwissenschaft geworden. Doras Mädchen vernahmen aus seinem Laboratorium zum erstenmal gregorianische Kirchenmusik und Choräle, und Lee Chong hörte ihn auf englisch Li Tai Po rezitieren. Durch ihn machte Henri, der Maler, die Bekanntschaft mit dem ägyptischen Totenbuch und war davon so beeindruckt, daß er seine Malweise grundlegend änderte. Hatte er bisher mit Leimfarben, Rostkitt und farbigen Hühnerfedern gemalt, so wechselte er nunmehr die Technik von Grund auf und arbeitete mit verschieden getönten und zugeschnittenen Nußschalen.

Doc konnte sich jeden Unsinn anhören und ihn in etwas Sinnvolles verwandeln. Sein Denken kannte keine Schranken; seine Zu- oder Abneigungen konnte niemand beeinflussen. Mit Kindern sprach er über die tiefsten Dinge so, daß sie alles verstanden.

Er lebte in einer erregenden Wunderwelt. Er war lüstern wie ein Kaninchen und sanft wie ein Reh. Jeder, der ihn kannte, hatte ihm etwas zu danken, und wer an ihn dachte, dachte zuerst: Ich möchte ihm gern einmal eine Freude bereiten.

VI

Einen großen Teil seines Seegetiers pflegte Doc am Ende der Halbinsel im Großen Ebbetümpel zu sammeln. Ein bezaubernder Platz! Bei Flut ein brodelndes Becken, worin die einbrechenden Wellendämme den Schaum des Meeres brausend zu Sahne schlugen; bei Ebbe eine liebliche, in sich ruhende Welt.

Das Wasser ist durchsichtig klar. Am Grunde tollt es phantastisch von allerhand Lebewesen; sie schießen dahin, kämpfen, begatten und fressen einander. Krebse hasten durch wedelndes Seegebüsch. Seesterne machen sich über Miesmuscheln und Napfschnecken her. Ihre zahllosen Saugfüßchen halten die Beute, heben und zerren sie hoch, brechen sie mit unglaublicher Kraft vom Gestein; dann schlemmen die Mägen der Seesterne. Nudibranchien, gefleckte, gekräuselte und orangefarbene, gleiten zierlich über Felsen dahin. Ihre Haut wogt wie die Röcke spanischer Tänzerinnen. Schwarze Aale stecken die Köpfe aus Spalten und lauern auf Opfer. Zehnfüßerkrebse schnappen, man meint, man müsse das Zuschnappen hören, doch diese farbige Lustwelt lebt schalldicht unter dem Glas der Oberfläche. Einsiedlerkrebse spielen im Sand wie Kinder. Einer entdeckt ein leeres Schneckenhaus; es gefällt ihm anscheinend besser als seines, er schlüpft aus seinem Haus — entblößt einen Augenblick all seine sanften Weichteile feindlichem Angriff — und ist schon in die neue Schale geschlüpft!

Eine Woge bricht über die Böschung, zerschmettert den Wasserspiegel des Tümpels, schleudert ein Blasengetümmel hinein — dann wieder holde Stille mit Mord und Totschlag. Ein Taschenkrebs reißt seinem Bruder ein Bein aus. Einladend öffnen Meeranemonen ihre schimmernden Blumenarme — nur einen Moment will ein Krebslein darin verweilen, oder ein müder Herumtreiber erliegt der purpurnen und grünen Ver-

führung, kommt näher, ganz nah — da schnellen die Blumen-
blätter nach innen, die nesselhaarigen Zellen schießen feine
betäubende Nadeln in ihre Opfertiere. Sie werden schwach und
schwächer, entschlummern, während der scharfe, brennende
Verdauungssaft die kleinen Körper zum Schmelzen bringt.

Langsam, schleimig schleicht der Mörder Polyp, der Octopus,
wie ein Nebel, ein grauer, hervor . . . Er tut, als sei er nur ein
Stück Holz oder ein Klumpen faulenden Fleisches. Allein seine
Augen halten Wache, böse und kalt. Er gleitet auf einen fut-
ternden Taschenkrebs zu; es glühen die gelben Pupillen. Die
Körpersubstanz färbt sich rosig vor Gier in Erwartung des
Fraßes. Wild springt er auf den Krebs, schwarze Flüssigkeit
ausstoßend; die um sich schlagende Masse wird von einer Sepia-
wolke verhüllt, während der Octopus den Krebs ermordet.
Auf den Felsen, die aus dem Wasser ragen, wachen Schwanen-
teichmuscheln in halbgeöffneten Schalen. Napf- und Schlüssel-
schnecken trocknen an der Sonne. Schwarze Schmeißfliegen
summen um das Gestein; sie fressen alles, was sie nur finden.
Die Luft ist geschwängert von scharfem Jodgeruch, der aus
Algen und Seetang strömt, von Kalkstaub verfallener toter
Gehäuse und den Dünsten des ewigen Wandelns und Werdens
aus Ova und Sperma. Samen und Eier sondern die Seesterne
zwischen den Armen aus. Die Luft ist schwer von Gerüchen der
Üppigkeit, vom Verdauen und Sterben, von Fäulnis, Verfall
und Geburt. Salzschaum sprüht über die Böschung, dahinter
der Ozean der kommenden Flut harrt, die ihm wiederum Ein-
laß zum Großen Ebbetümpel verschafft.

Und auf der Klippe brummt die Signalboje wie eine ge-
duldige traurige Kuh.

Im Tümpel arbeiten Doc und Hazel zusammen. Hazel
wohnt im Palace Hotel mit Mack und den Jungens. Seinen
Namen erhielt er ebenso zufällig, wie er sein Dasein empfan-

33

gen hatte und es bis heute verlaufen war. Seine geplagte Mutter hatte in acht Jahren sieben Kinder geboren und war, als er zur Welt kam, etwas durcheinander. Sie hatte die sieben anderen mitsamt dem Vater zu füttern und zu bekleiden; sie hatte alles mögliche versucht, um Geld zu verdienen — Papierblumen und Pilz- und Kaninchenzucht —, wobei ihr Mann von seinem Liegestuhl aus ihr mit weisen Ratschlägen und beißender Kritik hilfreich zur Seite stand. Hazel war der Name einer Großtante, und man munkelte, die Alte sei im Besitz einer Lebensversicherungspolice. Ihr zu Gefallen wurde das Neugeborene Hazel genannt, und als es der Wöchnerin endlich in den Sinn kam, daß Hazel ein Knabe sei, hatte sie sich schon so an den Namen gewöhnt, daß sie sich auf eine Änderung nicht mehr einlassen wollte.

Hazel wuchs heran, besuchte vier Jahre lang die Grundschule und vier Jahre eine Hilfsschule und lernte in beiden nichts. In Hilfsschulen lernt man, so heißt es, Verbrechen und Laster. Aber da Hazel beim Unterricht nicht aufpaßte, hatte er beim Verlassen der Hilfsschule so wenig Ahnung von Lasterhaftigkeit und Verbrechertum wie von Bruchrechnung und Regeldetri.

Hazel hatte eine besondere Vorliebe für Konversation — nicht etwa für deren Inhalt; er liebte vielmehr das gesellige Plätschern, und stellte Fragen, nicht um Antwort darauf zu erhalten, sondern nur, damit es weiterplätscherte. Er war freundlich, willig, kräftig, ehrlich, brünett und sechsundzwanzig Jahre alt. Er ging gern mit Doc sammeln und eignete sich gut dazu, sobald er erst einmal verstanden hatte, worauf es dabei ankam. Dann konnten seine zehn Finger umherkriechen wie der achtfüßige Polyp und Krebse haschen und halten wie eine Meeranemone. Sein Fuß sprang sicher über den schlüpfrigen Boden; er liebte die Jagd. Während Doc zur Arbeit den Lederhut trug und hohe Gummistiefel anlegte, trabte Hazel barhäuptig, in Tennisschuhen und Jeans herum.

Sie sammelten Seesterne. Doc hatte eine Bestellung auf dreihundert Stück. Hazel las ein schönes purpurnes vom Boden des Tümpels auf und setzte es in seinen fast vollen Jutesack. »Wenn ich nur wüßte, was sie damit tun!« bemerkte er.

»Tun? Womit?« fragte Doc.

»Mit den Seesternen. Du verkaufst sie. Du schickst ein Faß voll weg. Ja. Aber was tun die Kerle damit; sie können sie doch nicht essen?«

»Sie studieren daran«, antwortete Doc mit Engelsgeduld. Hazel hatte ihm die gleiche Frage schon mindestens zehnmal gestellt, aber Doc war von Natur unfähig, eine Frage nicht zu beantworten. Er nahm selbstverständlich an, Hazel wolle eine genaue Antwort auf seine Frage. Ein menschliches Hirn, das nicht nach Wissen verlangt und trotzdem Fragen stellt, war ihm unfaßbar. Hazel wollte aber gar nicht wissen, er wollte bloß reden hören und hatte daher das System, jede Antwort zur Grundlage einer neuen Frage zu machen. So blieb die Konversation im Gang.

»Was studieren sie dran?« fragte er weiter. »Es sind eben Seesterne. Ich kann hierherum eine Million davon fangen, es sind immer die gleichen.«

»Es sind bemerkenswert komplizierte Geschöpfe«, verteidigte Doc seine Ware, »übrigens gehen diese hier in den Mittleren Westen, zur Nordwest-Universität.«

Hazel gebrauchte seinen Trick. »Gibt es da keine Seesterne?« »Da ist kein Meer«, antwortete Doc.

»Oh!« machte Hazel und suchte verzweifelt nach einem Haken, an den er die nächste Frage anhängen könnte; es war ihm schrecklich, wenn ein Gespräch versickerte.

Während er krampfhaft nach einer Fragemöglichkeit Um

schau hielt, denn er war ein langsamer Denker, stellte plötzlich Doc eine Frage. Das paßte Hazel gar nicht; denn dann mußte er in seinem Hirnkasten nach einer Antwort herumstöbern, und das war gerade, als müsse man in einem ungeordneten Museum ohne Beschriftung und Katalog etwas Bestimmtes suchen. Vergessen tat Hazel ja nichts; es lag nur alles in seinem Gedächtnis zusammenhanglos herum wie die Geräte in einem Ruderboot: Fisch- und Bootshaken, Senkblei, Ruder, Köder, Leine, Treiber — alles durcheinander. Doc fragte: »Wie steht's denn oben bei euch im Palace?«

Hazel fuhr sich mit der Hand durch den dunklen Haarbusch; sein Verstand spähte in das Gewirr seines Hirnkastens und fand: »Ganz gut... der Dingsda, der Gay, ich glaub', der zieht zu uns... seine Alte verhaut ihn nicht schlecht, das macht ihm weiter nichts aus, wenn er wach ist, aber sie wartet, bis er schläft, und dann haut sie ihm eine 'rein. Dann muß er aufwachen und ihr eine 'reinhauen, und wenn er hernach wieder schläft, haut sie ihm wieder eine 'rein. Wie soll einer da ausruhen? Da zieht er lieber zu uns.«

»Das ist mir ja ganz neu«, staunte Doc, »sonst hat sie ihn doch immer verklagt, und er wurde eingesperrt.«

»Ja-a-a«, machte Hazel, »das war aber auch, eh' das neue Gefängnis in Salinas gebaut worden ist. Im alten, da hat er immer seine dreißig Tage abgesessen und war froh, wenn er 'rauskam. Aber das neue Gefängnis — Radio in der Zelle und gute Betten, der Sheriff ist ein netter Kerl —, wie da Gay 'reingekommen ist, hat er gar nicht mehr 'raus wollen. Es gefällt ihm. Jetzt will ihn seine Alte nicht mehr einsperren lassen. Drum hat sie sich das ja ausgedacht, daß sie ihm eine 'reinhaut, wenn er schläft. Das ist nervenaufreibend, hat er gesagt. Es macht Gay keinen Spaß, ihr eine 'reinzuhauen. Es macht ihn bloß müd. Er zieht jetzt, glaub' ich, zu uns.«

Die ersten Wogen brachen über den Rand des Großen Ebbe-tümpels. Die Flut nahte. Bäche von Seewasser rieselten über die Felsen. Der Wind blies frisch vom Meere, die Signalboje muhte, die Seelöwen bellten. »Wir haben genug Seesterne«, rief Doc, nahm sein Gerät zusammen, stülpte den Wetterhut auf den Hinterkopf und bemerkte mit vielsagendem Blick: »Höre, Hazel, ich weiß, du hast unten in deinem Sack etwa ein Dutzend Tafelschnecken. Wenn uns ein Strandwächter anhält, dann sagst du sicher: das sind meine, die gehen auf meinen Erlaubnisschein, für Laboratoriumszwecke, nicht wahr?«

»Jajaja — verflucht noch eins!« stotterte Hazel.

»Sieh«, erklärte Doc liebevoll, »es könnte ja sein, ich be-komme wirklich eine Bestellung auf Abalonen, und nachher denkt der Strandwächter womöglich, ich esse sie und miß-brauche meine Erlaubnis.« — »Ja, Donnerwetter!« — »Es ist dieselbe Geschichte wie mit der Alkoholkontrolle. Die sind von einem Mißtrauen, die Leute! Denken immer, ich trinke den Alkohol.«

»Trinkst du ihn nicht?«

»Selten«, gestand Doc, »weißt du, das Zeug, das sie hinein-tun, schmeckt abscheulich; es macht eine Mordsarbeit, es her-auszudestillieren.«

»Mir und Mack schmeckt's ganz gut, wir haben es neulich probiert. Was tun sie denn 'rein?«

Fast wäre Doc auf Hazels Trick wieder hereingefallen, merkte es aber noch rechtzeitig, schulterte seinen Sack See-sterne und ging voran. Die illegalen Abalonen in Hazels Sack hatte er bereits vergessen. Hazel folgte ihm, bis sie aus dem Bereich des Nassen wieder auf trocknen Boden gelangten. Vor ihren Füßen hastete das erschreckte Krabbenvolk in eiliger Flucht. Es schien Hazel nötig, ihn noch mehr von den Abalonen abzulenken: »Der Dings, der Maler war wieder im Palace«, druckste er hervor. »Ja?« sagte Doc.

»Ja-ah«, echote Hazel, »er hat doch all unsre Bilder gemalt, mit Hühnerfedern, und jetzt hat er gesagt, er muß sie alle miteinander nochmals malen, er hat gesagt, er hat eine andere Tech — Teeschnick.«

Doc lachte. »Baut er nicht mehr an seinem Boot?«

»Doch. Da hat er auch wieder alles geändert. Das gibt ein ganz anderes Boot. Du, Doc — spinnt er?«

Der Angeredete ließ seinen schweren Sack Seesterne zu Boden gleiten und holte tief Atem. »Ob er spinnt...? Ich glaube, nicht mehr als wir alle ... halt bloß in einer anderen Technik.«

Das war für Hazel zuviel. Er sah sich selbst als Inbegriff reinster Vernunft und war beleidigt. Er fühlte sich unverstanden. »Aber das Boot«, grollte er aufgeregt, »das baut er schon sieben Jahre lang, und die Klötze sind unten drunter schon weggefault, die macht er jetzt aus Zement. Jedesmal, wenn er fast fertig ist, ändert er wieder um und fängt von vorne an. Ich glaub', der spinnt. Sieben Jahre an einem Boot!«

Doc hatte sich auf den Boden gesetzt und sich seiner Wasserstiefel entledigt. »Das verstehst du nicht, Hazel«, besänftigte er den Erregten. »Henri liebt Boote, aber er fürchtet das Meer.«

»Wozu braucht er dann ein Boot?«

»Er braucht es nicht, er liebt es. Angenommen, er stellt es fertig! Gleich werden alle sagen: Ins Wasser damit! Wenn er es aber vom Stapel läßt, muß er damit auch in See stechen, und er ist wasserscheu. Das ist der Grund, weshalb sein Boot nie fertig wird.«

Hazel hatte zwar die Erklärung gehört, war aber nicht recht mitgekommen. Sein Geist war noch immer auf der Suche nach Anknüpfungspunkten. »Ich glaube, er spinnt«, lautete sein

Schlußwort. Auf der schwarzen Erde, auf der das Eiskraut in Blüte stand, krochen Hunderte von schwarzen Kakerlaken herum. »Sieh doch mal all die Stinkkäfer!« Er war den Stinkkäfern dankbar für ihre Anwesenheit.

»Sehr interessant«, fand Doc.

Die Mehrzahl der Kakerlaken kroch mit emporgehobenem Sterz. »Warum zeigen sie mit dem Steiß in den Himmel?« fragte Hazel.

Doc streifte seine Wollsocken ab, steckte sie in die Wasserstiefel, entnahm seiner Jagdtasche ein Paar leichte Sandalen und trockene Strümpfe und antwortete: »Das kann ich nicht sagen, es ist mir neulich auch aufgefallen. Es sind ganz gewöhnliche Tiere, und ihre gewöhnlichste Eigenschaft ist, daß sie das Hinterteil in die Luft recken. In der einschlägigen Literatur wird diese Tatsache weder erwähnt, noch viel weniger wird eine Ursache dafür angegeben.«

Hazel drehte mit der nassen Tennisschuhspitze einen Kakerlak auf den Rücken. Das schimmernd schwarze Insekt arbeitete sich mit zappelnden Beinchen mühsam wieder in die natürliche Lage. »Was meinst denn du, warum sie mit dem Steiß in den Himmel zeigen?«

»Ich?« antwortete Doc. »Ich glaube, sie beten.«

»Wa-as?« Hazel war fassungslos, aber Doc erklärte ihm: »Daß sie den Sterz in die Luft strecken, ist nicht so merkwürdig. Es ist nur unglaublich bemerkenswert, daß wir es merkwürdig finden. Wir können diese Erscheinung nur nach uns selber beurteilen. Wenn wir etwas ebenso Wunderliches und Unerklärliches tun wollten wie diese Insekten, würden wir wahrscheinlich beten. Also ist es durchaus denkbar, daß die hier beten.«

»Um Himmels willen«, rief Hazel, »machen wir, daß wir hier wegkommen!«

VII

Das Palace Hotel entwickelte sich langsam zu dem, was es späterhin wurde. Als Mack, Hazel, Eddie, Hughie und Jones einzogen, war es für sie weiter nichts als ein Schutz gegen Regen und Wind, ein Unterschlupf, in den sie sich zurückziehen konnten, wenn ihnen nichts anderes übrigblieb. Denn das Palace war ursprünglich ein trostloser kahler Raum, dessen Tiefe von zwei winzigen Fenstern nur dürftig erhellt wurde. Die Wände waren aus nacktem Holz, und es roch immer noch furchtbar nach Fischmehl. Die Clique war durchaus nicht davon begeistert.

Da erkannte Mack den Segen organisierten Tuns, das ihn um so notwendiger dünkte, als es sich hier um eine Gruppe von eingefleischten Individualisten handelte. Und so wie eine mangelhaft ausgerüstete Armee zu Übungszwecken hölzerne Gewehre und kaschierte Kanonen und Tanks verwendet, damit die Rekruten nach ihrer Ausbildung sich im Feld auf die Handhabung richtiger Waffen verstehen, also erfand und schuf Mack fürs erste einmal Phantome von Betten.

Er zog mit einem Stück Kreide fünf Rechtecke auf dem Fußboden, ein jedes sieben Fuß lang und vier Fuß breit, und schrieb in jedes einen ihrer fünf Namen. Dies waren die Betten, und jeder der fünf besaß an dem ihm zugewiesenen Raum ein unverletzliches Eigentumsrecht. Er war berechtigt, jeden, der sich in sein Viereck verirrte, hinauszuwerfen. Der übrige Raum war Gemeingut aller.

Die ersten Tage hockten Mack und die Jungens auf den harten Dielen; hier spielten sie Karten, hier schliefen sie, und vielleicht hätten sie allzeit so weitergelebt, hätte nicht der Regen, der plötzlich einsetzte und über einen Monat lang anhielt, ihren Sinn völlig verändert.

Ans Haus gebannt, wurden die fünf es satt, sich Schwielen in den Hintern zu sitzen; ihre Augen wurden durch den Anblick der kahlen Wände beleidigt. Das Haus aber, das ihnen so treulich Schutz gewährte, wuchs ihnen unmerklich ans Herz, unter anderm auch deshalb, weil niemals ein grimmiger Hausherr drohend an seine Pforte pochte. Lee Chong ließ sich nicht blicken.

Eines Abends erschien Hughie mit einem Feldbett, dessen Gurte zerrissen waren. Zwei Stunden lang nähte er sie mit Schusternadel und Angelschnur wieder zusammen, und in der Nacht sahen ihn die vier Bettlosen auf seinem Lager sich wonnig rekeln, hörten ihn mit Genuß aufseufzen, und dann schlief er und schnarchte, während die andern noch wach lagen.

Am folgenden Vormittag schnaufte Mack unter der Last einer verrosteten Sprungfedermatratze, die er auf einem Abfallhaufen gefunden hatte, den Berg hinan. Alle Teilnahmslosigkeit war aus dem Palace gewichen. Mack und die Jungens überboten sich bei der Verschönerung ihrer Behausung derart, daß sie binnen weniger Monate geradezu übermöbliert war. Alte Teppiche bedeckten die Dielen; es gab Stühle ohne und mit Polsterung, Tische und eine Standuhr aus Großväterzeit ohne Zifferblatt und Uhrwerk.

Die Wände wurden hell und luftig gestrichen und verschwanden bald darauf hinter Bildern, auf welchen verführerische Blondinen Coca-Cola kredenzten. Henri hatte zwei Meisterwerke aus seiner Hühnerfedernperiode gestiftet. Ein Arrangement aus Pfauenfedern war an der Wand hinter der Standuhr befestigt, und in einer der Ecken stand in einer prächtigen Vase ein Büschel vergoldeter Katzenschwänze.

Die Anschaffung eines Ofens zog sich längere Zeit hin. Endlich fanden sie das Richtige: ein verschnörkeltes silbriges Ungetüm mit Wärmröhre. Die Vorderseite glich einem vernickelten Tulpenbeet. Aber nun fingen die Schwierigkeiten erst richtig an. Zum Stehlen war das Ding zu groß, und sein Eigentümer war nicht bereit, sich großmütig von ihm zugunsten einer armen kranken Witwe mit acht unmündigen Kindern zu trennen, welche Mack eilends erfunden hatte und hingebungsvoll betreute. Der Mann verlangte vielmehr anderthalb Dollars und ging erst nach drei Tagen eifrigen Feilschens auf achtzig Cents herunter, auf welchen Betrag ihm Mack einen Schuldschein ausstellte, den der gute Mann vermutlich heute noch hat. Der Abschluß erfolgte in dem fünf Meilen hinter Monterey gelegenen Seaside, und der Ofen wog dreihundert Pfund. Zehn Tage lang suchten Mack und Hughie nach einer Transportgelegenheit. Erst als sich herausstellte, daß niemand bereit war, ihnen die Arbeit abzunehmen, machten sie sich selbst ans Werk.

Bis Cannery Row brauchten sie dazu drei Tage. Nachts schliefen sie neben ihrer Dreizentnerlast. Doch als der Ofen endlich an Ort und Stelle stand, war er das Kernstück des Palace, sein Goldzahn! Vorn strahlte ein blankes Blattwerk nebst Tulpenbeet in seligem Licht. In seiner Wärmröhre konnte man sogar Eier kochen.

Mit diesem Ofen kam Stolz und mit dem Stolz das Gefühl, heimisch zu sein, ins Palace Hotel und Grillroom. Eddie setzte purpurne Gartenwinden; sie umrankten die Haustür, und Hazel trieb irgendwo sogar seltene Fuchsien auf, die er in Fünfgallonenkanister setzte, womit er dem Eingang ein festlich lebhaftes Gepräge verlieh. Mack und die Jungens liebten ihr Palace dermaßen, daß sie es sogar mitunter sauber machten. Von Leuten, die kein Heim ihr eigen nannten, sprachen sie nun in mitleidigem Spott. Manchmal luden sie stolz einen Unbehausten auf ein paar Tage zu sich zu Gast.

Eddie war Aushilfs-Barmann im La Ida. Er bediente dort,

wenn Whitey, der ständige Mixer, sich krank meldete, was er jedesmal tat, wenn er etwas Besseres zu tun hatte. Aber da allemal, wenn Eddie mixte, einige Flaschen verschwanden, durfte er nur ab und zu bedienen. Trotzdem vertraute Whitey seinem Freund Eddie immer wieder seine Stellvertretung an, weil er, und zwar mit Recht, davon überzeugt war, daß Eddie keine Dauerstellung erstrebe und ihn daher nie von seinem Posten verdrängen werde. In dieser Beziehung war auf Eddie unbedingter Verlaß. Er ließ auch nur wenige Flaschen mitgehn; denn unter dem Bartisch hatte er einen großen Fünfliterkrug mit Trichter stehen. Da hinein goß er alles, was in den abservierten Gläsern blieb, bevor er sie abwusch. Wenn im La Ida gesungen oder gestritten wurde oder in später Stunde die Gemütlichkeit Höhepunkte erreichte, schüttete er nicht selten halb- oder dreiviertelvolle Gläser in seinen Trichter. Die so entstandene Mischung, die er nach beendetem Dienst mit nach Hause ins Palace nahm, schmeckte immer interessant und mitunter sogar überraschend. Das Gemisch von Rye, Bier, Bourbon, Scotch, Wein, Rum und Gin blieb im allgemeinen konstant, zuweilen aber bestellte ein müder Gast auch Anisette, Curaçao oder Nikolaschka, und diese kleinen Zutaten gaben dann Eddies Punsch einen ganz besonderen Beigeschmack. Zudem schüttete er vorm Weggehen immer ein bißchen Angostura in seinen Behälter. An guten Abenden konnte er so mit Leichtigkeit seine drei bis vier Liter nach Hause bringen, und es beruhigte sein Gewissen in hohem Maße, daß dabei kein Gast zu kurz kam. Er fand, daß jemand, der in Stimmung ist, von einem halben Glas genauso beduselt wird wie von einem ganzen.

Dank seinem Trichter erfreute sich Eddie im Palace Hotel besonderer Beliebtheit. Er brauchte nicht beim Aufräumen mitzutun; einmal wusch Hazel sogar vier Paar Socken für ihn.

An jenem Nachmittag, da dieser mit Doc im Großen Ebbetümpel jagte, saßen die andern im Palace und schlürften das
Resultat von Eddies letztem Beutezug im La Ida. Auch Gay,
das jüngste Mitglied der Gruppe, war anwesend. Prüfend sog
Eddie den Saft ein. »Merkwürdig . . .«, sagte er und leckte
nachdenklich die Lippen, »es kommt immer alles in Serien.
Zum Beispiel wieder vergangene Nacht: da haben mindestens
zehn Gäste Manhattans bestellt, und sonst vergeht manchmal
ein Monat, bis ein Manhattan verlangt wird. Merkt ihr, wie
man die Grenadine herausschmeckt?«

Mack kostete, bis nichts mehr im Glas war. »Ja«, bemerkte
er sinnend, »kleine Dinge machen oft einen großen Unter-
schied«, und blickte umher im Kreise, um zu sehen, wie sein
Geistesblitz auf die andern gewirkt habe.

Anscheinend nicht. Gay war der einzige, der etwas dazu
äußerte. »Allerdings«, sagte er.

Mack vermißte Hazel. Er sei mit Doc Seesterne suchen, erklärte Jones, und Mack nickte zustimmend. »Dieser Doc ist
ein zu netter Kerl; bei dem kriegt man immer etwas zu trinken.
Wie ich mich damals geschnitten habe, hat er mir jeden Tag
einen frischen Verband gemacht.« Die fünf andern murmelten
Beifall, und Mack fuhr fort: »Ich überleg' mir schon soundso
lang, was wir nur für ihn tun könnten; es müßt' etwas sein,
was ihm Freude macht.«

»Ein junges Mädchen«, schlug Hughie vor.

»Hat er schon«, sagte Jones, »etwa drei bis vier Stück. Ich
glaub', immer wenn er auf seinem Grammophon so was Kirch-
liches spielt und die Vorhänge zuzieht, hat er eine bei sich.«
Aber diese Äußerung zog ihm von seiten Macks eine Rüge zu:
»Soll er vielleicht mit der Dame nackt auf der Straße 'rum-
laufen? Er lebt doch nicht im Ze — Zelibad!«

»Zeli-bad — was ist das?« fragte Eddie.

»Wenn man keine Frau bekommen kann«, erklärte Mack das Wesen des Zölibats.

»So? Ich habe gedacht, es wäre eine Art Party«, sagte Jones.

Alle guckten eine Weile nachdenklich ins Leere und dann auf Mack, der stumm auf seiner Chaiselongue lag. Hughie, der die ganze Zeit auf seinem Stuhl geschaukelt hatte, ließ dessen Vorderbeine auf den Boden knallen. Dichtes Schweigen erfüllte das Palace, und dann sahen alle auf Mack. Mack sagte: »Hm!«

Eddie meinte: »Was für eine Art von Party würde Doc denn gern haben?«

»Gibt es denn noch andere Partys?« fragte Jones.

Mack überlegte: »Aber ein Stoff wie in dem Restekrug schmeckt Doc nicht!«

»Kannst du nicht wissen«, wandte Hughie ein, »du hast ihm ja noch nie davon offeriert.« — »Ich weiß es«, beharrte Mack auf seinem Standpunkt, »Doc hat studiert. Einmal hab' ich sogar eine Dame im Pelzmantel zu ihm 'reingehen sehen; daß sie wieder herausgekommen ist, habe ich nicht gesehen. Um zwei, wie ich zum letztenmal geguckt habe, hat er immer noch die Muttergottesmusik laufen lassen. Nein! Dem können wir so ein Gesöff nicht zumuten!« Und leerte sein frisch gefülltes Glas auf einen Zug.

»Nicht wahr?« meinte Hughie verbindlich, »nach dem dritten Glas schmeckt es ganz ausgezeichnet!«

»Gewiß«, gab Mack zu, »ja schon, gewiß, aber nicht für Doc. Da muß es Whisky sein, echter!«

»Bier hat er, glaub' ich, noch lieber«, gab Jones zu bedenken. »Er läuft doch immer hinüber zu Lee, manchmal noch mitten in der Nacht.«

Mack nahm eine ablehnende Haltung ein. »Beim Einkauf von Bier gibt man sein Geld für zweiundneunzig Prozent gefärbtes Wasser, Hopfen und anderes Gemüse.« Er wandte sich an Eddie: »Kannst du, wenn Whitey das nächste Mal krank ist, aus La Ida fünf Flaschen Whisky mitbringen?«

»Kann ich«, bestätigte der Hilfsbarmann, »aber dann ist auch Schluß mit den goldenen Eiern. Johnnie hat schon Verdacht geschöpft. Neulich hat er gesagt: ›Ich kenne eine Elster, und die heißt Eddie.‹ Ich glaube, ich bremse jetzt besser ein bißchen und bring' nur den Sammelkrug.«

»Unbedingt!« ereiferte sich Jones. »Die Stelle darfst du auf keinen Fall verlieren. Ich finde auch, wenn wir zu Ehren von Doc einen Abend veranstalten, müssen wir den Whisky dazu kaufen. Was kostet eine Gallone Whisky?«

»Weiß ich nicht«, antwortete Hughie. »Ich kauf' mir nie mehr als ein Viertel — das heißt, auf einmal. Wenn man nämlich gleich einen ganzen Liter kauft, hat man auf einmal lauter gute Freunde, die mithalten wollen. Eine halbe Pinte lassen sie dich allein trinken.«

Mack kam zur Hauptsache: »Wir brauchen Geld. Wenn wir Doc eine Party geben, muß es etwas Gediegenes sein. Vor allem gehört da ein Kuchen dazu. Wenn ich nur wüßte, wann Doc Geburtstag hat!«

»Aber zu einer Party braucht man doch keinen Geburtstag«, warf Jones ein.

»Aber es wäre hübsch«, fand Mack. »Wir brauchen, rechne ich, zehn bis zwölf Dollars, wenn es ein Fest sein soll, das uns Ehre macht.« Sie dachten nach. »Hediondo-Konserven stellen Leute ein«, meldete Hughie, aber Mack lehnte rasch und scharf ab: das ginge gegen ihre Ehre. »Unseren guten Ruf müssen wir wahren. Wenn wir einen Job haben, halten wir ihn mindestens einen Monat oder länger. Deshalb können wir immer einen bekommen, wenn wir ihn brauchen. Stell dir vor, wir arbeiten bloß einen Tag oder so — wir würden unseren Ruf, bei einer

Sache zu bleiben, verlieren, und niemand will uns dann mehr haben.«

Dieser Rede spendeten alle Beifall. Jones bemerkte: »Ich habe mir schon gedacht, so auf ein paar Monate ... vielleicht November bis Mitte Dezember, werde ich arbeiten gehen; dann hätte ich Geld für Weihnachten, und wir könnten Truthahn essen ...«

»Das können wir auch so«, beruhigte ihn Mack. »Ich weiß eine Stelle im Carmel Valley, da ist eine Herde von gut fünfzehnhundert Truthähnen.«

»Carmel Valley kenne ich!« rief Hughie begeistert. »Da habe ich doch immer Zeug für Doc gesucht: Schildkröten, ja, und Bachkrebse, und für die Frösche hat er mir pro Stück einen Nickel gegeben!«

»Ich auch«, sagte Gay, »ich habe einmal fünfhundert Frösche gesammelt.«

»Wenn Doc Frösche braucht«, entschied Mack, »ist das Fest für ihn finanziert. Wir gehen den Carmel River hinauf; das ist ein Ausflug, das tut uns nur gut — aber wir dürfen Doc nicht verraten, wozu das Geld ist, das er uns gibt. Und dann geben wir ein Fest, das sich gewaschen hat.«

Die Zustimmung war einmütig und freudig. »Geh, Gay«, gebot Mack, »sieh zur Tür hinaus, ob Docs Wagen vor seinem Haus steht!«

Gay trank aus, ging nachsehen und kam mit der Meldung zurück, es sei noch nichts zu sehen.

»Er muß jeden Augenblick kommen«, sprach Mack, »jetzt haben wir wenigstens ein Programm. So wird's gemacht.«

VIII

Im April 1932 gab es in einem Dampfkessel bei Hediondo-Konserven binnen vierzehn Tagen drei Rohrbrüche. Das Direktorium, bestehend aus einer Stenotypistin und Mr. Randolph, entschloß sich daraufhin zur Anschaffung eines neuen Dampfkessels; das sei billiger, als jeder geplatzten Röhre wegen die Arbeit ruhen zu lassen.

Der neue Kessel traf ein, und der alte kam auf den leeren Platz zwischen Flotte Flagge und Lee Chong, wo er, auf Holzklötzen ruhend, einer Eingebung Mr. Randolphs betreffs nutzbringender Weiterverwertung harrte. Diese erfolgte denn auch, zum Teil wenigstens, indem der Mechaniker der Fabrik je nach Bedarf ein Stück Röhre oder sonst etwas aus der Heizanlage herausbrach. Der Dampfkessel sah ungefähr aus wie eine Lokomotive ohne Fahrgestell. Vorn hatte er eine Tür und und darin eine niedrige Heizklappe.

Da stand er nun, und der Rost machte ihn braun, rot und mürb. Hochaufgeschossene Roßmalven rankten an ihm empor; an dem sacht abblätternden Rost fanden sie eine ideale Nahrung. Eine Myrte kroch über den Bauch des Kessels und blühte, und die Luft erfüllte der Duft von wildem Anis. Eine Daturawurzel, die irgendwer auf den leeren Platz geworfen, faßte Boden; ein dicker fleischiger Stechapfelbaum wuchs aus ihr empor und ließ seine weißen Glocken über die Kesseltür hängen. Nachts strömten die Blumendüfte; sie rochen nach Liebe und Lockung, es war ein hinreißend süßer Geruch.

1935 zogen Mr. und Mrs. Sam Malloy in diesen Kessel. Das Röhrenmaterial war nun gänzlich beseitigt; im Innern war Platz, und man wohnte da sicher und trocken. Gewiß, um durch die Feuerklappe hineinzugelangen, mußte man auf Händen und Knien kriechen. War man erst drinnen, so konnte man sich in der Mitte bequem aufrichten und lebte warm und trocken, und mehr verlangten die ersten Bewohner des Kessels nicht. Durch die Feuertür schafften sie eine Matratze hinein und ließen sich vergnügt darauf nieder. Mr. Malloy war zufrieden, und eine Zeitlang war es auch Mrs. Malloy.

Am Hang unterhalb des ehemaligen Dampfkessels lag eine Reihe von Röhren, die auch aus der Hediondo-Fabrik stammten und dort ausrangiert worden waren. Als nun im Herbst 1937 der große Fischfang einsetzte und die Fischkonservenfabriken mit Hochdruck arbeiteten, entstand Wohnungsnot in der ganzen Gegend. Da begann Mr. Malloy die größeren Röhren preiswert als Schlafstellen zu vermieten, und nachdem er die hintere Öffnung mit Dachpappe verschlossen und über die vordere ein altes Stück Teppich gehängt hatte, glaubte er allen berechtigten Ansprüchen auf Komfort Genüge geleistet zu haben. Die Beine konnte einer beim Schlafen natürlich nicht an den Leib ziehen; so etwas mußte sich der Betreffende eben abgewöhnen. Einzelne reklamierten auch, daß in den Röhren das Echo so stark sei, daß sie von ihrem eigenen Schnarchen geweckt würden. Aber im ganzen hatte Mr. Malloy ein ständiges kleines Einkommen und war zufrieden.

Mrs. Malloys Zufriedenheit aber endete mit dem Tage, als ihr Gemahl sich zum Range eines Haus-, besser gesagt, Röhrenbesitzers emporgearbeitet hatte. Erst war es ein Teppich, dann eine Waschbütte, dann eine Lampe mit farbigem Schirm, die sie begehrte, und eines Tages kam sie atemlos auf Händen und Knien in den Kessel und stieß hervor: »Bei Holman ist Ausverkauf für Vorhänge, echte Spitzenvorhänge, blau-rosa gestreift, die Garnitur einschließlich Vorhangstangen nur einsachtundneunzig!«

»Was willst du denn damit um Himmels willen?« rief Malloy, bestürzt von seiner Matratze emporfahrend.

»Ich habe gern hübsche Sachen; ich habe mir schon immer so etwas gewünscht, für dich!« Ihre Unterlippe begann zu zittern.

»Schatz, ich habe gar nichts gegen Vorhänge, nur —«

»Nur ein Dollar achtundneunzig . . .« Nun zitterte auch ihre Stimme. »Mißgönnst du mir etwas zu einsachtundneunzig?« Ihr Busen wogte, sie heulte los.

»Ich mißgönne dir nie etwas«, versicherte Malloy, »aber was wollen wir bloß mit Vorhängen anfangen, Schatz? Wir haben doch keine Fenster!«

Mrs. Malloy weinte und weinte, und Sam hielt sie in den Armen und tröstete sie, und sie schluchzte: »Dir fehlt jedes Verständnis für mich, ein Mann kann sich nie in die Seele einer Frau hineindenken!«

Und Sam lag neben ihr und streichelte ihr den Rücken, bis sie einschlief.

IX

Verstohlen beobachteten Mack und die Jungens, wie Doc mit seinem Wagen vor dem Laboratorium hielt und Hazel ihm die Säcke mit Seesternen hinauftragen half. Bald darauf stampfte und dampfte Hazel den Hühnersteig zum Palace Hotel und Grillroom empor. Seine Hosen waren bis zu den Oberschenkeln von Seewasser durchtränkt. Dort, wo sie trockneten, setzten sich weiße Salzringe ab.

Oben angelangt, sank er schwer in den Schaukelstuhl, der sein Privateigentum war, und streifte die nassen Tennisschuhe ab.

Fragte Mack: »Wie ist Doc gelaunt?«

»Gut«, antwortete Hazel, »man versteht kein Wort von dem, was er sagt. Weißt du, was er über die Stinkkäfer gesagt hat? Nein, ich sag's lieber nicht.«

»Also er ist nicht schlecht aufgelegt?« vergewisserte sich Mack abermals, und Hazel bestätigte es nochmals: »Wo wir doch dreihundert Seesterne gefangen haben!«

»Ob wir alle zusammen hinübergehen?« fragte Mack und gab sogleich die Antwort: »Nein, besser geht einer allein; wenn wir alle zusammen ankommen, erschrickt er am Ende.«

»Worum handelt es sich?« wünschte Hazel zu wissen.

»Wir haben einen Plan«, verriet Mack. »Ich werde allein hingehen, damit er nicht kopfscheu wird. Ihr bleibt und wartet auf mich; ich bin gleich wieder da.«

Mit diesen Worten entfernte er sich eilends, sprang den Hühnersteig hinunter und quer über den leeren Platz, wo Mr. Malloy vor seinem Wohnkessel saß. »Wie steht's, Sam?« fragte er im Vorübergehen. — »Es geht so.« — »Und der Frau?« — »Danke! Weißt du zufällig irgendeine Art Nagel oder Haken, mit dem man Stoff an eine gewölbte Eisenwand hängen kann?«

Für gewöhnlich hätte sich Mack in dieses Problem gründlich hineingekniet, jetzt aber wollte er sich nicht ablenken lassen und sagte daher nur kurz: »Nein«, sprang über die Straße und betrat das Erdgeschoß des Western Laboratory.

Doc hatte seinen Wetterhut abgenommen, da keine Gefahr mehr bestand, daß ihm der Kopf naß werden könne, es sei denn durch einen Wasserrohrbruch. Er war eben dabei, die Seesterne aus den nassen Säcken zu leeren und auf dem kühlen Zementboden auszubreiten. Die Seesterne aber hatten sich ineinander verschlungen, denn sie lieben es, sich an irgend etwas zu klammern, und seit einer Stunde waren sie nur auf sich selbst angewiesen. Doc trennte und ordnete sie in langen Reihen, worauf jeder Stern allmählich die Arme ausstreckte und auf dem Boden ein völlig symmetrisches Muster entstand. Docs brauner Spitzbart dampfte vor Schweiß. Als Mack eintrat, sah er beunruhigt von seiner Arbeit auf. Nicht, als ob mit einem Besuch Macks stets Unannehmlichkeiten verbunden gewesen wären, aber irgendeine Unruhe kam immer mit ihm herein.

»Geht's gut, Doc?« grüßte Mack.

»Es geht so«, dankte Doc reserviert.

»Hast du gehört, Doc — Phyllis Mae, drüben im Restaurant Flotte Flagge? Hat einem Besoffenen mit der Faust eine versetzt, und da ist ihr ein Zahn in der Maus unterm Daumen steckengeblieben. Die Infektion reicht schon bis in den Ellenbogen. Sie hat mir den Zahn gezeigt; er ist aus einer Gaumenplatte. Ist künstliches Gebiß giftig, Doc?«

»Alles, was aus Menschenmund kommt, ist giftig«, verkündete Doc. »War sie beim Arzt?«

»Der Nachtwächter hat sie verarztet.«

»Ich bring' ihr ein paar Sulfonamide«, versprach Doc. Er wartete immer noch auf Macks Angriff, denn er kannte ihn, und Mack wußte das. Fragte daher ganz schlicht und bieder: »Brauchst du nicht etwas Viehzeug, Doc?«

Doc atmete auf, blieb aber auf der Hut. »Warum?«

»Ich will dir offen gestehen, Doc«, spielte Mack den Treuherzigen weiter, »wir brauchen Geld. Für einen guten Zweck, eine würdige Sache.«

»Für die Blutvergiftung von Phyllis?«

Mack sah die Chance, die sich da bot, erwog sie und ließ sie fallen. »Etwas viel Wichtigeres, Doc«, behauptete er, »etwas ganz anderes. Phyllis, ach weißt du, so eine Schnepfe ist ja nicht umzubringen, aber ich und die Jungens, wir brauchen Geld, und da dachten wir halt, wenn du irgendwelchen Bedarf hättest, könnten wir es beschaffen und uns dabei ein bißchen Kleingeld verdienen.«

Doc legte noch eine Reihe von Seesternen zu den übrigen. Macks Angebot schien ihm einleuchtend. »Drei- bis vierhundert Frösche könnte ich gebrauchen. Ich würde sie mir selbst besorgen, aber ich muß heute nacht nach La Jolla, damit ich morgen zur Ebbe rechtzeitig dort bin; ich brauche ziemlich viele Polypen.«

»Wie stehen Frösche?« erkundigte sich Mack. »Noch immer fünf Cents das Stück?«

Doc bejahte, worauf ihm Mack aufgeräumt versicherte, er brauche sich wegen der Frösche keine weißen Haare wachsen zu lassen. »Du bekommst sie, nur keine Angst! Wir fangen sie oben am Carmel River; ich kenne da eine Stelle —«

»Schön«, sagte Doc, »ich brauche mindestens dreihundert Stück; ich nehme aber, soviel ich nur kriegen kann.«

»Sei getrost, Doc, wir liefern dir deine Frösche; wir liefern sogar das Doppelte; wir liefern sogar das Dreifache! Sag einmal« — ein leichtes Gewölk zog über sein Angesicht —, »kannst du uns für ins Valley nicht deinen Wagen leihen?«

»Nein«, lehnte Doc ab, »ich habe dir ja gesagt, ich muß heute nacht nach La Jolla, um morgen die Ebbe ausnutzen zu können.«

»Schade! Aber das macht weiter nichts; vielleicht läßt uns Lee leihweise seinen alten Karren.« Macks Miene hellte sich auf. »Da wären wir also einig. Wie wär's mit einem kleinen Vorschuß, Doc, für Benzin? Lee gibt uns keinen Kredit mehr.«

Das hatte Doc kommen sehen. »Nein«, lehnte er abermals ab. Er gedachte dabei eines großen, vierzehntägigen Schildkrötenfangs, den er seinerzeit Gay finanziert hatte. Ehe noch die vierzehn Tage herum waren, saß Gay auf Grund einer

Anzeige seiner Frau im Loch, und die bevorschußten Schildkröten konnte Doc in den Schornstein schreiben.

»Ja ...«, sagte Mack traurig, »dann wird's wohl nicht gehen ...«

Nun brauchte Doc die Frösche notwendig, aber er wollte sichergehen. Es handelte sich um ein Geschäft und nicht um Wohltätigkeit. »Ich mache dir einen Vorschlag, Mack: ich gebe dir eine Anweisung an die Tankstelle für, sagen wir, vierzig Liter, wie wär's?«

»Fein«, lächelte Mack, »damit kommen wir aus. Morgen in aller Frühe fahren wir los, und bis du vom Süden zurück bist, hast du mehr Frösche, als du im Leben gesehen hast.«

Doc trat an sein Pult und schrieb an Red Williams' Tankstelle eine Anweisung auf zehn Gallonen Benzin. Mack steckte sie schmunzelnd ein. »Darauf kannst du ruhig schlafen, Doc. Bis du wieder zurück bist, hast du Frösche, daß du damit die Nachttöpfe von ganz Monterey anfüllen kannst.«

Nicht ohne Besorgnis sah Doc seinen Geschäftspartner von hinnen ziehen. Frühere Geschäfte mit Mack und den Jungens waren für ihn zwar immer hochinteressant, aber niemals von Nutzen gewesen. Reuig erinnerte er sich jenes Tages, als ihm Mack fünfzehn Kater verkauft hatte — und nachts kamen deren Eigentümer und holten sie alle weg, bis auf den letzten. »Wie bist du bloß zu all den Katern gekommen, Mack?« hatte er ihn damals gefragt, und Mack hatte geantwortet: »Meine Erfindung, Doc! Aber weil du es bist, will ich sie dir aus Freundschaft verraten. Du machst dir eine möglichst große Drahtfalle, und dann — brauchst du gar keinen Köder. Du nimmst — also du benutzt dazu ganz einfach eine, eine Katzenjungfrau. Auf diese Art fängst du sämtliche Kater im ganzen Land.« —

Vom Laboratorium ging Mack schräg über die Cannery

Row und durch die Schwingtür in Chongs Kramladen, wo eben Mrs. Lee auf ihrem großen Hackblock Speck schnitt, während ein Vetter Chongs leicht angewelkte Salatköpfe aufputzte, als wären es Bräute. Auf einem Hügel Orangen lag eine Katze. Lee Chong stand an seinem gewohnten Platz hinterm Zigarrentisch vor den Schnapsregalen.

Als Mack eintrat, erhöhte sich die Geschwindigkeit, mit der sein Mittelfinger auf den Zahlteller tappte. Diesmal hielt Mack sich nicht lange mit Vorreden auf. »Lieber Lee«, begann er, »unser Doc hat vom Museum des Staates New York eine bedeutende Bestellung auf Frösche, für Doc eine ganz große Angelegenheit. Vom Geld wollen wir gar nicht reden, allein schon der Ruhm! Nun muß er leider heute abend notwendig nach Süden, und da haben die Jungens und ich uns bereit erklärt, ihm behilflich zu sein. Was tut man nicht alles für seinen Freund, besonders wenn er so nett ist wie Doc! Bei dir läßt er doch auch im Monat mindestens seine sechzig bis siebzig Dollars?«

Lee blieb stumm und auf seiner Hut. Sein Fettfinger rührte sich kaum auf dem Gummi, sondern zuckte nur leicht wie der Schwanz einer lauernden Katze. Mack ging aufs Ganze: »Lieber Lee, sei so gut und leihe uns deinen Lastwagen für die Frösche — für unseren guten lieben Doc!«

Lee lächelte selig. »Mein Wagen ist in Tepatatu (Reparatur). Motoo läuft nich meh.«

Eine Sekunde schien Mack entwaffnet, aber er faßte sich rasch, breitete seinen Benzinschein auf dem Zigarrentisch aus und drängte: »Sieh dir das da an! Da siehst du, wie wichtig die Frösche für Doc sind, sonst hätte er mir nicht die Anweisung auf Benzin gegeben. Ich kann ihn unmöglich sitzenlassen. Gay ist der beste Automechaniker. Wenn er dir den Wagen tadellos instand setzt — dürfen wir ihn dann haben?«

Lee bog den Kopf ins Genick und sah Mack durch die Halbgläser an. Der Vorschlag schien ihm nicht uneben. Sein Lastwagen lief wirklich nicht. Gay war wirklich ein guter Mechaniker, und die Anweisung auf Gasolin bot wirklich eine gewisse Sicherheit. »Wie lang blaucht ihn?«

»Vielleicht einen halben, vielleicht einen ganzen Tag. Bis wir genügend Frösche beisammen haben.«

Sehr erbaut war Lee Chong von der Sache nicht, sah aber keine Möglichkeit mehr, ihr zu entrinnen. Also: »Okay!«

»Das hab' ich gewußt«, sagte Mack, »daß Doc sich auf dich verlassen kann. Gay wird gleich mit dem Wagen anfangen, ich hole ihn.« Er ging und kehrte noch einmal um. »Was ich noch sagen wollte: Doc zahlt für jeden Frosch fünf Cents, und wir fangen sieben- bis achthundert Stück. Wie wär's mit einem Fläschchen Old Tennisschuh? Ich zahl's, wenn wir mit den Fröschen zurück sind.«

»Nein!« sagte Lee Chong.

X

Als Frankie elf Jahre war, kam er zum erstenmal zum Western Biological. Eine Woche lang stand er bloß vor der Tür und glotzte. Dann stand er eines Tages im Gang und zehn Tage danach im Erdgeschoß. Seine Augen waren sehr groß, sein Haar ein wirrer, verfilzter Schopf, die Hände unglaublich schmutzig. Er hob ein Stück Exzelsior-Packstoff auf und warf es in den Abfallkübel. Am anderen Tag sah er Doc zu, wie er Gefäße mit Röhrenquallen (Velella spirans) etikettierte. Schließlich trat er sogar an die Werkbank und legte seine schmutzigen Finger auf die Platte. Aber bis er so weit war, dauerte es drei Wochen, und in der ganzen Zeit war er in jedem Augenblick auf dem Sprung, wegzurennen.

Bis Doc eines Tages ihn fragte: »Wie heißt du, mein Sohn?«

»Frankie.«

»Wo wohnst du?«

Frankie mit unbestimmter Bewegung landeinwärts: »Da oben.«

»Warum bist du nicht in der Schule?«

»Ich geh' nicht in die Schule.«

»Warum nicht?«

»Sie wollen mich nicht.«

»Du hast schmutzige Hände. Wäschst du sie nie?«

Frankie blickte betreten, ging zum Ausguß und schrubbte die Finger. Das tat er von da an täglich so lange, bis sie rot und rauh wurden.

Er kam jeden Tag ins Labor. Es wurde kaum gesprochen, allein die Verbindung zwischen den beiden erwies sich als dauerhaft. Doc hatte durch telephonischen Anruf festgestellt, daß Frankie nicht gelogen hatte. Die Schule wollte den Jungen nicht. Er konnte nicht lernen; in seinem Kopf mußte etwas in Unordnung sein. Da fehlte irgendwo die Verbindung. Man konnte ihn in der Schule nicht brauchen. Er war kein Idiot; er war nicht gemeingefährlich, und seine Eltern oder Angehörigen wollten nicht dafür bezahlen, daß man ihn irgendwo versorgte. Er blieb nur selten über Nacht im Labor. Ab und zu kroch er abends in die Exzelsior-Kiste und schlief darin; es geschah dies vermutlich immer, wenn daheim Krach war.

»Warum kommst du hierher?« fragte ihn Doc.

»Du schlägst mich nicht, und du gibst mir keinen Nickel«, antwortete das Kind.

»Schlägt man dich daheim?«

»Zu Hause sind immer Onkels. Es kommen Onkels, die schlagen mich und sagen, ich soll 'rausgehen, und es kommen Onkels, die geben mir einen Nickel und sagen, ich soll 'rausgehen.«

»Wo ist dein Vater?«

»Tot«, sagte Frankie, schien es aber nicht recht zu wissen.

»Wo ist deine Mutter?«

»Bei den Onkels.«

Doc schnitt Frankie die Haare und entlauste ihn. Bei Lee Chong kaufte er ihm ein Paar Hosen und einen gestreiften Pullover.

Frankie wurde sein ergebener Sklave. »Ich habe dich lieb«, sagte er eines Nachmittags, »ich hab' dich lieb.«

Er wollte gern im Labor arbeiten. Er fegte es jeden Tag aus, aber er bekam den Boden nie richtig sauber.

Er wollte helfen, Krebse nach der Größe zu sortieren. In einem Eimer lagen sie alle durcheinander, und nun sollten sie auf großen Pfannen geordnet werden: die drei Finger breiten in die erste, die fünf Finger breiten in die zweite, die sieben Finger breiten in die dritte und so fort!

Frankie versuchte es; der Schweiß trat ihm auf die Stirn, aber er brachte es nicht zusammen, Größenverhältnisse gingen ihm nicht in den Kopf.

»Aber nein«, belehrte ihn Doc, »sieh mal genau her! Lege den Krebs hier neben deine Hand! Da siehst du doch, wie lang sie sein müssen. Siehst du's? Der da geht von diesem Fingerchen bis zu dem. Jetzt nimm einen anderen Krebs! Siehst du, der geht genauso weit. Den mußt du zu seinem Bruder tun!«

Frankie probierte. Es ging nicht. Als Doc in sein Studierzimmer ging, kroch der Kleine traurig in die Exzelsior-Kiste und kam den ganzen Tag nicht mehr zum Vorschein.

Er war ein netter, guter und treuer Junge. Er lernte, Doc die Zigarre anzuzünden, und als er es konnte, wollte er, Doc solle immerzu rauchen, damit er ihm Feuer geben könne.

Frankie hatte es gern, wenn oben eine Party war und ihm die Töne des Plattenspielers wunderbar an das Herz pochten; das war ihm von allem am liebsten. Dann verkroch er sich meist hinter einen Sessel in einer Ecke; da konnte er lauschen und schauen, und niemand sah ihn. Und wenn ein Gelächter entstand und man über etwas scherzte, was er nicht verstand, lachte er hinter dem Sessel entzückt. Wenn sich die Unterhaltung abstrakten Themen zuwandte, furchte sich seine Stirn, und er paßte genau und gewissenhaft auf.

Eines Nachmittags leistete er sich eine gewaltige Kühnheit. Im Labor war eine kleine Party. Doc füllte in der Küche Bier in die Gläser, als Frankie neben ihm auftauchte, ein Glas Bier ergriff, durch die Tür damit und hinüber ging und es einem jungen Mädchen brachte, das in einem hochlehnigen Sessel saß. »Oh, ich danke dir!« sagte sie mit freundlichem Lächeln. Doc stand in der Tür und belobte das Wagnis: » Ja, Frankie ist eine große Hilfe für mich.«

Das vergaß Frankie nie ... Wie er das Glas genommen ... wie das Mädchen da saß und ihre Stimme ... oh, ich danke dir ... und Doc ... eine große Hilfe für mich, ja, Frankie ist eine große Hilfe ... und Gott ... o Gott ...

Daran, daß Doc Beefsteak kaufte und viel Bier und er ihm helfen durfte, die Treppe zu reinigen, merkte Frankie, daß wieder eine Einladung bevorstand. Frankie ist eine große Hilfe für mich ...

Ein bedeutendes Vorhaben dämmerte in Frankies Hirn. Alles stand ihm genau vor Augen. Er überdachte es wieder und wieder, und es war wundervoll, es war vollkommen ...

Die Party begann. Leute kamen und saßen im vorderen Zimmer, Mädchen und junge Frauen und Männer.

Frankie wartete nur darauf, daß die Küche ihm ganz allein gehörte. Endlich war es soweit, und er war allein. Durch die geschlossene Tür hörte er das Geplätscher der Unterhaltung und die Musik aus dem Phonographen. Frankie arbeitete lautlos.

Zuerst das Tablett . . . die Gläser dann aus dem Schrank . . . Vorsicht, daß keines kaputtgeht! Jetzt das Bier. Einschenken . . .! Der Schaum muß sich erst ein bißchen setzen, dann nachfüllen . . . Alles bereit. Er holte tief Atem, öffnete die Tür. Musik, Geplauder, Gelächter umwogten ihn; er hob das Tablett mit dem Bier, ging zur Tür hinaus, ging geradenwegs auf die Junge los, die ihm damals gedankt hatte, und da — dicht vor der Dame — geschah es, daß die Verbindung aussetzte. Muskelpanik entstand. Die Hände zuckten. Die Nerven telegraphierten einer Zentrale, die keine Antwort gab, und das Tablett mit den Gläsern platschte der jungen Dame im hochlehnigen Sessel über den Schoß.

Einen Moment stand Frankie reglos da; dann wandte er sich und rannte hinaus.

Die Gesellschaft saß stumm. Man hörte, wie Frankie die Kellertreppe hinuntertappte. Dort lag er, tief in seine Exzelsior-Kiste vergraben.

Doc ging ihm leise nach. Er hörte ein dünnes Wimmern, stand eine Weile nachdenklich vor der Kiste und wartete und gab es auf. Es gab nichts, auf der ganzen Welt nichts, was sich da tun ließ. Still ging er wieder die Treppe hinauf.

XI

Das Auto Chongs war ein »Modell T Ford« und hatte eine ehrwürdige Vergangenheit hinter sich. 1923 war es ein Tourenwagen gewesen und im Besitz Dr. W. T. Waters, der es fünf Jahre lang fuhr und dann an einen Versicherungsagenten namens Rattle abstieß. Dieser, ein nachlässiger Mensch, fuhr den in gutem Zustand übernommenen Wagen wie ein Besessener. Unter seinen alkoholischen Exzessen litten die Kotflügel. Außerdem fuhr er mit der Bremse, und die Beläge mußten dauernd erneuert werden. Als er obendrein noch etliche Versicherungsprämien unterschlagen und sich nach San José abgesetzt hatte, erwischte man ihn, ehe zehn Tage verstrichen, in Gesellschaft einer Platinblondine und sperrte ihn ein. Der Wagen war von diesen Ereignissen so mitgenommen, daß ihn sein nächster Eigentümer auseinanderschnitt und einen kleinen Wagenkasten ansetzte. Der nächstfolgende Besitzer, Francis Almones, war Fischlieferant und Liebhaber frischer Luft. Er beseitigte den vorderen Aufbau samt Windschutz. Er führte übrigens ein trauriges Dasein, denn er verdiente immer ein bißchen weniger, als er zum Leben brauchte. Sein Vater hatte ihm eine Kleinigkeit hinterlassen, aber so sorgsam Francis auch auf alles achtete, sosehr er auch schuftete, sein Geld wurde immer weniger. Dann saß er auf dem trockenen, ging pleite, ging unter. Den Lieferwagen erhielt Lee Chong an Zahlungs Statt für unbezahlte Lieferungen. Aber der ganze Kraftwagen war zu dieser Zeit schon so kraftlos, daß seine Pflege ganz besonderer Sorgfalt bedurft hätte, wovon bei Lee keine Rede war. Wie ein seniler Klepper stand der Modell T Ford hinter dem Krämerhaus im Unkraut, und wilde Malven ringelten um seine Speichen. Die Vorderräder waren aufgebockt; die Reifen der Hinterräder hielten vorläufig noch.

Vielleicht hätte jeder der Palace-Jungen den Karren wieder in Gang bringen können, denn sie waren allesamt tüchtige Mechaniker, aber mit Gay — kein Vergleich. Man denke sich einen Mann, der kommt, guckt, horcht, klopft, schraubt, und die Maschine läuft! Und wenn sie schon vorher lief, läuft sie noch besser, wenn er chauffiert. So einer war Gay. Leise und weise glitten seine Finger über Getriebe, Scheiben, Zylinder, Rohre und Schrauben. In Docs Labor wurde er mit den empfindlichsten Apparaten fertig. Wenn er gewollt hätte, hätte er immerzu in den Konservenfabriken Arbeit gehabt. Denn dieser Industrie (die jammert, wenn sie ihre ganze Kapitalanlage nicht jedes Jahr aus den Profiten zurückgewinnt) ist der Zustand ihrer Maschinen lange nicht so wichtig wie Kurszettel und Saldo. Wenn sie mittels Buchhaltung Sardinen einlegen und konservieren könnten, ja, das würde den Fabrikherren so passen! Aber da sie altersschwache, in Todeszuckungen röchelnde Schreckbilder von Maschinen benutzten, mußte ein Mann wie Gay seine Augen überall haben.

Mack weckte die Jungens in aller Frühe. Sie tranken Kaffee und schoben sogleich zum Modell T Ford hinüber, der dort zwischen dem Unkraut lag. Gay hatte den Oberbefehl. Er trat gegen die aufgebockten Vorderräder. »Besorgt irgendwo eine Pumpe und pumpt die Pneus auf!« Hierauf stach er mit einem Stock in den Benzintank unter dem Sitzbrett, und siehe da: im Tank war beinahe noch ein Zoll hoch Benzin! Dann machte er sich an die wahrscheinlichsten Fehlerquellen, nahm den Verteilerkopf ab, schabte und richtete an den Zündkontakten und tat ihn wieder hinauf. Er öffnete den Vergaser, um zu sehen, ob das Benzin durchkam. Er drehte die Kurbelwelle durch, um festzustellen, ob sich das Getriebe nicht festgefressen hatte und die Kolben in den Zylindern nicht verrostet waren.

Inzwischen erschien die Luftpumpe, und Eddie und Jones

pumpten wie Feuerwehrleute bei einem Großbrand. Gay summte: »Humdidi dumdidi dumdidi dum«, entfernte die Zündkerzen und kratzte die Elektroden ab. Auch zapfte er einiges Benzin in ein Kännchen und goß, ehe er die Zündkerzen wieder an ihren gewohnten Ort setzte, etwas davon in jeden Zylinder.

Plötzlich richtete er sich auf. »Wir brauchen ein paar Trokkenelemente«, verkündete er. »Seht zu, ob uns Lee ein paar abläßt!«

Mack ging ins Haus und kehrte sogleich mit Chongs kategorischem Nein zurück, und dies Nein bezog sich sowohl auf diese wie alle noch kommenden Anforderungen. Gay dachte nach ... »Ich wüßte schon, wo welche wären, gerade die richtigen ... Aber an die ist nicht heranzukommen.«

»Wo sind sie?« fragte Mack.

»In meinem Keller«, seufzte Gay, »unsere Klingelleitung wird von ihnen gespeist. Wenn sich einer von euch da hineinschlängeln könnte, ohne daß meine Alte ihn sieht — sie stehen auf dem Sims gleich links, wenn man hineinkommt. Wenn man hineinkommt ...«, wiederholte er nachdenklich. »Daß bloß meine Alte euch nicht erwischt!«

Zu diesem Amt wurde Eddie gewählt. Er brach sogleich auf.

»Wenn sie dich ertappt«, rief ihm Gay nach, »sag bloß nichts von mir!« Inzwischen untersuchte er das Getriebe. Das Gaspedal funktionierte noch; die Fußbremse dagegen war völlig hin. Aber der Rückwärtsgang war in Ordnung. Der Rückwärtsgang ist beim Modell T Ford der letzte Rettungsanker. Wenn alle Bremsen hin sind — mittels Rückwärtsgang kann man immer noch bremsen, und wenn der erste Gang so kaputt ist, daß man nicht mehr bergan fahren kann, wendet man und fährt rückwärts. Nun konnte ihnen nichts mehr geschehen,

denn nun kam auch Eddie zurück und brachte die Trocken-
elemente. Mrs. Gay war in der Küche gewesen. Er hatte sie
oben, sie ihn aber nicht unten herumgehen gehört. In solchen
Dingen war Eddie ein Meister.

Gay schloß die Elemente an, schraubte die Zündkerzen im
Zylinderkopf fest, tat noch diesen und jenen seltsamen Hand-
griff, warf den Motor an, und — o Wunder! — gab Gas und
stellte die Zündung etwas zurück. Gay war des lieben Gottes
kleiner Mechaniker, ein Sankt Franziskus der Kurbeln, Zahn-
rädchen und Transmissionen. Und wenn dereinst all die
Scharen der schwergeprüften, mißhandelten Buicks, Plymouths,
De Sotos, American Austins und Isotta-Fraschinis in gewaltigen Chören das Lob des Herrn der Heerscharen singen, wird
ein großer Teil ihres Dankes unserem Gay gebühren und seiner
Bruderschaft.

Die Maschine räusperte sich, nieste, wackelte, ruckte, räusperte sich nochmals, Gay ging mit der Zündung etwas vor und
nahm Gas weg; der Ford Lee Chongs kicherte, hüpfte, plap-
perte und klapperte. Es war, als freue er sich, in guten Händen
zu sein, die ihn liebten und ihn verstanden.

Doch gab es mit ihm noch zwei kleine technische juristische
Schwierigkeiten. Er hatte kein gültiges Nummernschild und
keine Scheinwerfer.

Die Jungens ließen über das rückwärtige Schild wie zufällig
einen Fetzen herunterhängen, und auf dem Vorderschild — ja,
das war eben mit Kot bespritzt.

Die Ausrüstung der Expedition war denkbar einfach: etliche
Jutesäcke und für jeden ein Froschnetz mit langem Stiel. Jagd-
amateure ziehen in solchen Fällen mit allen möglichen Eß- und
Trinkvorräten aus der Stadt aufs Land. Nicht so Mack. Er
sagte sich logisch und richtig, daß wir unsere Nahrungsmittel

vom Lande beziehen, und führte daher nur zwei Laib Brot und den Rest von Eddies Sammelkrug aus La Ida mit.

Die Froschjäger erklommen ihr Fahrzeug. Gay chauffierte, Mack saß neben ihm. So rumpelten sie um Chongs Haus und über den leeren Platz zwischen den Röhren durch. Mr. Malloy saß vor seinem Wohnkessel und winkte Lebewohl! Gay bremste und fuhr sacht über die Trottoirkante hinunter, denn die Vorderreifen waren fast durchsichtig. Bei aller Fixigkeit war es inzwischen bereits Nachmittag geworden. Vor Red Williams' Tankstelle hielt der Wagen.

Mack stieg aus und präsentierte Red seine Anweisung. »Doc hatte gerade kein Kleingeld«, erklärte er. »Sei so gut und füll fünf Gallonen ein; den Rest gib mir in bar heraus; das wäre Doc am liebsten, weißt du, er mußte nach La Jolla, er hat Wichtiges zu erledigen.«

»Ja, weißt du, Mack«, lächelte Red gutmütig, »das hat sich Doc schon gedacht, daß du irgendeinen Dreh ausfindig machst; er ist sogar auf genau denselben gekommen wie du; er ist schlau! Hat mir gestern abend noch telefoniert.«

»Dann also hinein mit den zehn Gallonen — nein, halt; es könnte sonst überlaufen! Füll fünf ein, und die andern fünf — die kannst du uns in so einem plombierten Kanister geben, das kommt auf das gleiche heraus.«

Red strahlte. »Denk dir, genau das hat Doc schon geahnt!«

»Dann füll alle zehn ein, was liegt mir dran! Aber daß du bloß nichts im Schlauch läßt!«

Die Expedition fuhr nicht schnurstracks durch Monterey, sondern vielmehr aus zarter Rücksicht auf ihre Nummernschilder durch Seitenstraßen. Es war schlimm genug, daß sie nachher noch über vier Meilen von Carmel Hill bis hinunter ins Tal die Hauptchaussee fahren mußten. Wie leicht konnte sie da ein Cop sehen und anhalten. Im Carmeltalweg ging es dann wieder; da war kein Mensch und keine Gefahr.

Beim Peterstor, kurz vor dem scharfen Anstieg zum Carmel Hill, nahm Gay unter furchtbarem Geratter einen mächtigen Anlauf und ging nach fünfzig Metern auf den ersten Gang herunter. Er wußte, es würde nichts helfen; die Zahnräder hatten die Karies. Auf ebener Straße ging alles glatt, aber den Berg hinauf, nein! Der Wagen stand.

Gay wendete genau um hundertachtzig Grad, gab Gas und ging auf den Rückwärtsgang. Das Rückwärtsgetriebe hatte noch gute Zähne. Langsam, beharrlich kroch das Gefährt den Carmelhügel hinan. Der Kühler kochte. Warum sollte er auch nicht kochen? Die meisten Modell-T-Kenner stimmen darin überein: der Kühler soll und muß kochen; sonst ist etwas daran nicht in Ordnung.

Man müßte einmal eine Abhandlung über den sittlichen, physischen und ästhetischen Einfluß des Modell T Ford auf das amerikanische Volk schreiben. Zwei USA-Generationen wußten mehr über Fords Zündstift als über die Klitoris, mehr über die Gangschaltung als über den Lauf der Planeten. Mit dem Auftauchen des Modell T verschwand etwas vom Begriff des Privateigentums. Zangen hörten auf, Privateigentum zu sein, und eine Luftpumpe gehörte demjenigen, der sie zuletzt benutzte. Die meisten Babys jener dahingegangenen Epoche wurden im Modell T Ford gezeugt und nicht wenige in ihm geboren.

Standhaft und stur nahm Chongs Ford seinen Rückwärts-kurs den Carmel hinauf, überquerte Jacks Höhenweg und begann eben den letzten und steilsten Anstieg, als sich der Atem des Motors verdickte. Er schnaubte, schluckte, würgte und stand.

Es war entsetzlich still, als auf einmal der Motor verstummte. Doch schon setzte der Wagen sich wieder in Fahrt, aber diesmal nicht rückwärts bergan, sondern vorwärts in rascher Fahrt abwärts, bis Gay in Jacks Höhenweg einbog.

»Was ist?« fragte Mack. »Der Vergaser vermutlich«, rief Gay zurück. Die Maschine zischte, knirschte und knarrte. Der Dampf aus dem Überlaufrohr fauchte wie ein Alligator.

Der Modell-T-Vergaser hat eine sehr einfache Konstruktion. Aber es darf nicht das mindeste daran fehlen, sonst funktioniert er nicht. Da ist zum Beispiel eine Schwimmernadel, und die Nadel hat eine Spitze, und die Spitze muß im Ventil stecken, oder der Vergaser kann nicht arbeiten.

Besagte Nadel hielt Gay in der Hand. »Wo ist die Spitze?« fragte er fassungslos. Die Spitze war abgebrochen. »Rein verhext!« sagte Mack. »Kannst du sie nicht wieder dranmachen?«

»Nein, zum Kuckuck«, schrie Gay, »man braucht eine frische!« — »Was kann die kosten?« — »Neu einen Dollar, gebraucht den vierten Teil ungefähr.« — »Hast du den Dollar?« fragte Mack. — »Ja, aber ich werde auch so eine auftreiben.« — »Dann schau, daß du bald wieder da bist. Wir warten hier.«

»Das kann ich mir vorstellen! Ohne Ventilnadel könnt ihr nicht abhauen«, erwiderte Gay und ging zur Straße, wo er vor drei Wagen bittend den Daumen reckte, bis endlich der vierte ihn mitnahm.

Mack und die Jungens sahen ihn einsteigen, davonfahren und erst nach einhundertachtzig Tagen zurückkehren.

Zufall, Schicksal, wo sind eure Grenzen? Mußte unbedingt dieser Wagen, der Gay mitnahm, vor Monterey eine Panne haben? Wäre Gay kein so guter Mechaniker, so hätte er die Panne nicht in kürzester Frist behoben, und wenn er sie nicht behoben hätte, wäre er von dem Eigentümer nicht zu Jimmy Brucia eingeladen worden. Warum aber hatte Jimmy gerade Geburtstag? Ungezählte Millionen von Möglichkeiten gibt es im Weltlauf. Aber von all diesen Millionen traten an diesem Unglücksabend ausschließlich solche ein, die in das Gefängnis von Salinas führten.

Warum hatten Tiny Coletti und Sparky Enea sich gerade an diesem Tag wieder versöhnt und halfen Jimmy Brucia seinen Geburtstag feiern? Man trinkt und singt italienisch, das Orchestrion spielt, ein nettes Mädchen vom Strich kommt auch noch dazu; Gays neuester Freund will Sparky Enea den allerneuesten Griff zeigen, der Griff geht daneben. Es kommt nur zu einem kleinen Handgelenkbruch. Der Polizist leidet an verdorbenem Magen. Ja, das sind lauter unerhebliche Einzelheiten, die scheinbar nichts miteinander zu tun haben. Und doch zielen alle ins gleiche Loch. Das Schicksal wollte Gays Beteiligung an der Froschjagd nun einmal nicht und bot daher Gott weiß was für Zwischenfälle und Leute auf, ihn davon abzubringen, und als dann die große Scheibe im Schuhgeschäft vis-à-vis in Trümmer ging und die Gesellschaft in ihrer fröhlichen Stimmung die Schuhe im Schaufenster ausprobieren wollte — der reine Zufall, daß da Gay nicht die Sirene der Feuerwehr hörte. Die Folge: während sich die andern gemütlich den Dachstuhlbrand ansahen, fand die Polizei unsern Gay ganz allein im offenen Schaufenster, am rechten Fuß einen Lackpumps und links einen Chevreauschuh mit grauem Tucheinsatz.

Doch zurück zum Ford! Es war dunkel um ihn geworden, vom Meer zog Kälte herauf; die Kiefern rauschten im Seewind. Die Burschen hatten ein Feuer entzündet und legten sich auf Kiefernnadeln zur Ruhe. Sie blickten durch das Geäst zu den einsamen Wolken, redeten eine Zeitlang, was für Schwierig-

keiten Gay habe, bis er eine Schwimmernadel finde, und als es
später und später wurde, kamen sie nicht mehr auf ihn zu
sprechen. Jemand hätte mitgehen sollen, dachte Mack.

Gegen zehn erhob sich Eddie. »Oben auf dem Berg ist ein
Baulager«, sagte er, »da müßte sich doch ein Modell T auftreiben lassen! Ich will gleich einmal nachsehen!«

XII

Die Stadt Monterey blickt auf eine alte, glanzvolle lite-
rarische Tradition zurück. Kein Geringerer als Robert Louis
Stevenson hat hier gelebt; das topografische Urbild seiner
berühmten Schatzinsel ist zweifellos unser beliebter Ausflugs-
ort Lobos. In Carmel, an dessen Bergeshang Mack und die
Jungens nun festsaßen, haben sich neuerdings mehrere lite-
rarische Größen niedergelassen, aber das ist nichts im Vergleich
zu den alten Zeiten, da in Monterey der große Humorist Josh
Billings übernachtete und verstarb. Da hatte man hier vor
einem Belletristen noch wahre Ehrfurcht.

Dort, wo heute das neue Postgebäude steht, befand sich zu
jener Zeit eine tiefe Schlucht, in der Wasser floß. Ein Brückchen
führte darüber. Links von der Schlucht stand ein schöner alter
Luftziegelbau, ein Adobe, und rechts davon wohnte der Doktor, der alle Krankheiten, Geburten und Todesfälle von Monterey unter sich hatte. Er experimentierte auch mit Tieren und
beschäftigte sich in letzter Zeit mit der Einbalsamierung Ver-
storbener; das hatte er als Student in Paris gelernt. Altmodische
Bürger verwarfen zwar diese neue Gepflogenheit, teils als
sentimentalen Unfug, teils als Geldverschwendung und teils
als Gotteslästerung, denn in der Bibel war dergleichen nicht

vorgesehen. Aber die reichen Familien waren dafür begeistert, und so gehörte das Einbalsamieren bald zum guten Ton.

Eines Morgens, als sich der alte Mr. Carriaga von seiner Wohnung am Carmel zur Alvarado Street begab und eben über das Brückchen ging, fiel sein Blick auf einen Jungen und einen Hund, welche beide gerade aus der Schlucht herauskletterten. Der Knabe hatte in der Hand eine Leber, der Hund im Maul einen Darm, den er meterlang hinter sich herzog und an dessen Ende ein Magen baumelte. Mr. Carriaga blieb stehen. »Guten Morgen!« wandte er sich mit der ihm eigenen Höflichkeit an den Knaben. »Guten Morgen, Sir!« antwortete ihm dieser sehr artig, denn zu jener Zeit waren die Kinder noch wohlerzogen.

»Wohin willst du mit dieser Leber?« fragte der alte Herr. »Aufs Wasser, Makrelen fangen«, lautete die Antwort. »Und der Hund?« lächelte der freundliche Alte. »Fängt der auch Makrelen?« — »Der Hund ist nicht unserer, Sir. Er hat das Zeug da unten gefunden, in der Schlucht; ich meines auch.«

Lächelnd ging Mr. Carriaga seines Weges, doch dann überlegte er bei sich: Das ist keine Ochsenleber, dazu ist sie zu klein . . . und ist keine Kalbsleber, dazu ist sie zu rot . . . eine Schafsleber ist es auch nicht! — Trotz seiner Jahre war Carriaga ein scharfer Denker.

An der nächsten Ecke stieß er auf Mr. Ryan. »Ist heute nacht in Monterey jemand gestorben?« fragte er ihn. »Nicht daß ich wüßte«, versetzte dieser. »Ist jemand ermordet worden?« — »Gewiß nicht.«

Da berichtete ihm Mr. Carriaga von dem Knaben und dem Hund, und sie gingen zusammen weiter zur Adobe-Bar, in welcher einige Bürger zu morgendlicher Unterhaltung versammelt waren. Carriaga erzählte hier seine Geschichte zum andernmal, und ehe er noch damit fertig war, betrat der Konstabler den Bar-Room. Wenn irgendwer letzte Nacht gestorben war, mußte er es wissen. Jedoch »in Monterey«, lautete seine Auskunft, »ist niemand tot, aber oben im Hotel del Monte ist Josh Billings gestorben«.

Schweigend senkten die Herren an der Bar die Häupter. Ein und derselbe Gedanke ging ihnen durch den Sinn. Der Verblichene war ein bedeutender Schriftsteller und ein großer Mensch. Er hatte der Stadt die Ehre erwiesen, in ihr zu sterben, und nun war er derart entwürdigt!

Auf der Stelle bildeten die Anwesenden ein Komitee, begaben sich rasch, mit entschlossenem Ernst, zu der Schlucht, schritten über das Brückchen und klopften und hämmerten gegen die Haustür des Doktors, der in Paris studiert hatte.

Er hatte gestern bis spät in die Nacht hinein noch gearbeitet. Erst das laute Klopfen brachte ihn aus dem Bett und im Nachthemd, ungekämmt, mit zerzaustem Bart, an die Haustür. Mit düsterer Miene redete Carriaga ihn an. »Haben Sie Josh Billings einbalsamiert?« — »Ja, warum?« — »Was taten Sie mit seinem Gekröse?« — »Ja — das hab' ich in die Schlucht geworfen; das tu' ich doch immer.«

Da befahl ihm das Komitee, sich schleunigst anzukleiden und ihnen hinunter zum Strand zu folgen! Wenn es der Knabe mit dem Makrelenfang eilig hatte, kämen sie am Ende zu spät!

Als das Komitee angerannt kam, bestieg der Knabe mit Josh Billings' Leber ein Boot. Unweit davon im Sande lagen die Därme des Schriftstellers, welche der Hund verschmäht hatte.

Der Doktor von der Sorbonne mußte nunmehr die Überreste einsammeln. Man nötigte ihn sogar, sie mit gebührender Ehrfurcht zu reinigen und den Sand nach Möglichkeit daraus zu entfernen. Ja, er mußte obendrein noch aus eigener Tasche

71

die Kosten für ein Bleigefäß zahlen, in welchem die glücklich geretteten Teile zugleich mit dem Sarg Josh Billings' beigesetzt wurden. Denn die Stadt Monterey duldete keinen Affront gegen einen namhaften Autor.

XIII

Friedlich schliefen Mack und die Jungens auf ihren Kiefernnadeln. Ohne daß sie dadurch geweckt wurden, kehrte Eddie eine Stunde vor Morgengrauen von seinem Streifzug zurück. Erst nach längerem Suchen hatte er einen unbeobachteten Modell T entdeckt, doch als er ihn endlich gefunden, hatte er sich gefragt, ob es richtig sei, die Nadel aus ihrem Sitz herauszureißen. Vielleicht paßte sie nachher nicht. Da nahm er lieber gleich den ganzen Vergaser. Es war ein besonderer Vorzug des Modell T Ford, daß seine Einzelteile einerseits beliebig auswechselbar und andererseits niemals zu identifizieren waren. Infolgedessen legte sich Eddie getrost zur Seite seiner Gefährten nieder und schlief sogleich ein.

Wunderschön ist die Aussicht von dieser Stelle des Carmel: die sanfte Krümmung der Bucht, der Schaum der Wogen auf dem Sand, rings die Dünen und zu Füßen des Berges das gemütliche Städtchen. Es dämmerte noch, als Mack sich erhob und, während er die Hosen emporzog, sich an der Aussicht ergötzte. Er sah einige der Fischer mit ihren Schleppnetzen heimkehren, einen Tanker bei Seaside Öl übernehmen. Die Sonne ging auf und schüttelte aus der Luft die Kälte nicht anders, als man eine Tischdecke ausschüttelt. Erst als Mack die ersten Sonnenstrahlen verspürte, merkte er, wie kalt es gewesen, und fröstelte. Im Busch hinter ihm regten und rührten sich wilde Kaninchen.

Die Burschen aßen einige Scheiben Brot. Eddie setzte den neuen Vergaser ein, und dann machten sie sich nicht erst die Mühe, den Wagen anzuwerfen, sondern schoben ihn bis zur Wegkreuzung, schalteten den Gang ein und fuhren bergab, bis der Motor ansprang, dann rückwärts wieder bergan, über den Berg hinweg, wo sie wendeten und hinab an Hatton Fields graugrünen Artischockenpflanzungen vorbei ins Carmeltal.

Das Glück war ihnen hold. Ein Rhode-Island-Hahn, der sich zu weit von seinem Hühnerhof entfernt hatte, kam ihnen in den Weg. Es gelang dem Chauffeur Eddie, mit knapper, gutgezielter Wendung den Unvorsichtigen zu überfahren. Hazel rupfte den Gockel, während sie weiterfuhren, und ließ die Federn zur fröhlichen Erinnerung durch die Lüfte flattern. Ein freundliches Morgenlüftchen, das aus der Richtung von Jamesburg das Tal durchwehte, trug das rote Gefieder in alle Weiten übers Meer und bis Lobos.

Der Carmel ist ein entzückender Fluß. Sein Lauf ist nicht lang, doch weist er alles auf, was man von einem Fluß füglich verlangen kann. Er entspringt in den Bergen, sprudelt und tollt eine Weile, stürzt durch Felsenschluchten, bildet Wasserfälle und Seen, bis er gemächlich zwischen Sykomoren und Weiden einherwallt, läßt Auen, Inselchen, Seitenarme und Sandbänke auftauchen, Aufenthaltsorte für allerhand Flußkrebse, und speist obendrein einen Forellenteich. Im Winter ist er reißend und wild, im Sommer ein Planschbecken für Kinder; Angler können darin herumspazieren. Zwischen den Farnkräutern der Ufer lugen Frösche. Hochwild und Füchse nahen am Morgen und Abend der Tränke; sogar der Berglöwe kriecht zuweilen heimlich geduckt aus dem Dickicht und schlürft von der Flut. Reiche Bauernhöfe leiten sein Wasser in ihre Obst- und Gemüsegärten. Wenn der Abend hereinbricht, schlägt die Wachtel, und die Wildtauben gurren. Waschbären spähen nach Fröschen — kurz, es ist ein Flüßchen, das keine Behaglichkeit dieser Erde entbehrt.

Einige Meilen talaufwärts hat sich der Fluß sein Bett tief unter einem Felsen bereitet. Gleich einem Vorhang hängen Ranken und Farne von dem Felsplateau über das tiefe grüne Wasser hinab. Gegenüber ist der Strand sandig und flach. Da kann man auch abkochen und sich aalen.

An diesen Ort gelangten nun Mack und die Jungens und waren mit ihm und sich selber zufrieden. Wenn es irgendwo in der Welt Frösche gab, hier mußten sie sein! Wenn es irgendwo in der Welt Entspannung, Erholung und Aufatmen gab, war es hier. Auf ihrer Reise hierher war ihnen manches Gute zuteil geworden: der fette rote Hahn; der Sack Karotten, der von einem Gemüsekarren heruntergefallen war, und das Bündel Zwiebeln, das nicht heruntergefallen war! In ihrem Wagenkasten hatten sie eine leere Zehnliterbüchse; das war ihr Kochtopf. Ein Säckchen Kaffee trug Mack, Pfeffer und Salz führte Hazel mit. Ohne Geld kann man auf Touren gehen, aber nicht ohne Kaffee, Pfeffer und Salz. Das war für die Palace-Clique Dogma.

Vier runde Steine, im Ufersand zusammengestellt, bildeten ihren Kochherd, und bald lag der unvorsichtige Hahn gerupft und ausgenommen, von Wasser umspült, von Zwiebeln umringt in der Zehnliterbüchse, und darunter, von dürren Weidenzweigen genährt, knisterte zwischen den Steinen ein niedriges Feuer. So dumm, ein großes Feuer zu machen, waren sie nicht! Zwar brauchte es lange, bis der Hahn gar wurde; er hatte ja auch viele Jahre gebraucht, bis er so groß und muskulös war, aber inzwischen, während um ihn das Wasser brodelte, verbreitete er einen lieblichen würzigen Duft. Inzwischen hielt Mack ihnen eine aufmunternde Rede: »Für Frösche ist die beste Zeit nachts. Also legen wir uns bis dahin am besten aufs

Ohr.« Das taten sie denn und schliefen behaglich im Schatten. Nur Hazel blieb wach und achtete auf das Feuer.

Das Felsplateau war ihr Sonnenschirm, hinter dem schon um zwei Uhr nachmittags die Sonne versank. Eine frische Brise lief über den Sand. Die Sykomoren rauschten. Aus ihren Löchern unter den Farnen blinzten verstohlen Frösche hervor. Mack hatte recht: bei Tag hüpften sie nicht umher. Nur kleine Wasserschlangen glitten über die Steine, schlüpften graziös in das Wasser und schwammen vom einen zum anderen Gestade, die Köpfe wie winzige Periskope hoch aufgereckt, und hinter jedem Schlänglein kräuselte zartes Kielwasser die klare Flut. Eine Forelle sprang, Moskitos und Schnaken summten über dem Fluß, Sonnenkäfer, Wespen, Fliegen, Hornissen flogen zum Nest, und während der Felsenschatten sich über das jenseitige Ufer verbreitete, huben die Wachteln zu schlagen an. Mack und die Jungens erwachten.

Der Duft des Suppenhahns erfüllte ihre Herzen mit Freude. Hazel hatte ein Lorbeerblatt frisch vom Baume gepflückt und in die Brühe geworfen; auch die Karotten waren schon drin. Der Kaffee kochte gelinde auf einem eigenen Stein nicht zu nahe am Feuer.

Mack dehnte und reckte sich, stand auf, stolperte schlaftrunken zum Fluß, schöpfte mit der hohlen Hand Wasser, wusch sich das Gesicht, trocknete es ab, spülte den Mund aus, gurgelte, räusperte sich, zog den Gurt fest, kratzte sich an den Beinen, kämmte das nasse Haar mit den Fingern, trank aus dem Sammelkrug, rülpste und ließ sich beim Feuer nieder. »Donnerwetter, das riecht gut!«

Wenn Männer aufwachen, tun sie ungefähr alle das gleiche, und so wiederholte sich der eben geschilderte Vorgang mit unwesentlichen Abweichungen viermal. Bald saßen alle beim Feuer, belobigten Hazel, und dieser stieß mit dem Messer in einen der Hahnenschenkel. »Was man so richtig zart nennt«, erklärte er, »wird das Biest nicht. Dazu müßte man es zwei Wochen lang kochen. Wie alt schätzt du ihn, Mack?«

»Ich bin achtundvierzig«, erwiderte dieser, »und bin lange nicht so zäh wie der. Das hängt nicht vom Alter ab.«

»Wie alt kann ein Huhn ungefähr werden?« fragte Eddie. »Ich meine, wenn ihm niemand den Hals umdreht und es auch nicht den Pips kriegt.«

»Das weiß kein Mensch«, antwortete Jones.

Mit diesen und ähnlichen Reden vertrieben die fünf sich prächtig die Zeit. Der Krug machte die Runde und erwärmte sie angenehm. Jones sagte: »Eddie ... ich will mich gewiß nicht beklagen, es ist nur ein Vorschlag. Wie wäre es, du stellst in Zukunft drei Krüge unter den Bartisch und gießt in einen den ganzen Whisky, in den zweiten den Wein und in den dritten das Bier?«

Seiner Anregung folgte ein peinliches Schweigen.

»Also ich für mein Teil«, wehrte Jones, »ich sage, mir ist es gleich.« Er stockte, er hätte sich da nicht einmischen sollen und sprudelte daher hervor: »Es gefällt mir gerad', daß man auf die Art jedesmal überrascht wird. Wenn du Whisky säufst, weißt du genau, was nachher kommt: entweder das heulende Elend oder Krakeel, wie einer eben veranlagt ist, aber hier bei dem Krug kannst du nie voraussagen: wirst du nachher auf einen Tannenbaum klettern oder ins Wasser springen und nach Santa Cruz schwimmen wollen? So etwas macht doch mehr Spaß!«

»Apropos Schwimmen«, steuerte Mack die Debatte diplomatisch in ungefährliches Wasser, »weiß einer von euch, wo eigentlich McKinley Moran steckt, wißt ihr: der Tiefseetaucher?«

76

»McKinley Moran?« fiel Hughie ein. »Mit dem hab' ich ja oft zusammengesessen. Der hat immer abwechselnd getaucht und gesoffen. Kurz getaucht, lang gesoffen. Zum Schluß hat er noch seinen Taucherhelm, den Taucheranzug und die Pumpe versoffen und ist aus Monterey weg, ich weiß nicht, wohin. Seit er damals dem Italiener nachgesprungen ist, der vom Anker der *Twelve Brothers* mitgerissen wurde, dabei ist McKinley das Trommelfell geplatzt, seitdem hat er nicht mehr zum Tauchen getaugt. Aber den Wop hat er doch noch 'rausgefischt, dem ist weiter nichts passiert.«

Mack führte wieder den Krug zum Munde. »Während der Prohibition hat McKinley saumäßig verdient. Von der Regierung hat er pro Tag fünfundzwanzig Dollars bekommen, daß er im Hafen nach versteckten Fässern mit Alkohol taucht, und von Louie drei Dollars pro Faß, damit er nichts findet. Aber er hat es so eingerichtet, daß er immerhin jeden Tag ein Fäßchen entdeckt und heraufgebracht hat; er wollte die Regierung doch nicht verärgern. Damit war Louie einverstanden, denn so lange wurden keine neuen Taucher herangeholt. Ja, damals hat er noch Geld wie Heu gehabt!«

»Er war aber ein Esel«, erklärte Hughie, »jedesmal, wenn er Geld gehabt hat, mußt' er unbedingt heiraten — dreimal hintereinander —, bis die Moneten futsch waren. Ich hab's immer schon vorher gewußt: Jedesmal, wenn er einen Weißfuchspelz gekauft hat, wird wieder mal geheiratet. Bums! Und so war's.«

»Wenn ich nur wüßte, was mit Gay los ist!« begann Eddie. Es war das erstemal, daß einer ihn wieder erwähnte.

»Das gleiche wie mit McKinley«, erklärte Mack. »Traut nie einem Ehekrüppel! Wenn ihm die Alte noch so zum Kotzen ist — er geht wieder zu ihr. An Gay habt ihr wieder den schönsten Beweis. Seine Alte verdrischt ihn, aber wenn er sie drei Tage nicht sieht, wird er schwermütig, fängt an zu grübeln, bildet sich ein, es ist seine Schuld, geht zu ihr hin und versöhnt sich.«

Sie aßen lange und mit Genuß, spießten sich jeder ein Stück Hahn aus dem Blechtopf, ließen es abtröpfeln, bliesen drüber hin, bissen hinein und nagten das flechsige Fleisch von den Knochen. Hierauf stocherten sie mit gespitzten Weidenzweiglein die Karotten aus der Suppe und reichten endlich den Topf herum und tranken die Brühe. Sanft wie Musik senkte der Abend sich auf sie herab.

Die Wachteln lockten einander zum Wasser, Forellen sprangen, Motten flatterten um die Bucht; es wurde dunkler und dunkler. Nun machte der Topf mit Kaffee die Runde. Die fünf waren satt, warm und wurden schweigsam, bis plötzlich Mack auffuhr: »So ein verdammter Schwindel! Mir ist nichts so verhaßt wie ein Lügner.«

»Wer hat dich angelogen?« fragte Eddie.

»Ach, da wäre ja nichts dabei, wenn einer so zum puren Vergnügen ein bißchen aufschneidet. Ich hasse bloß Kerle, die sich selber belügen.«

»Wer hat denn das getan?« fragte Eddie wiederum.

»Ich«, antwortete Mack, »und ihr wahrscheinlich auch. Da hocken wir nun beisammen, die ganze Blase, warum? Weil wir uns ausgedacht haben, wir wollen für Doc ein Fest veranstalten. Wer hat jetzt das Fest gehabt? Wir. Und wenn wir zurückkommen, lassen wir uns noch von Doc Geld geben. Wir sind zu fünft! Wir werden fünfmal soviel trinken wie er, mindestens! Ich bin durchaus nicht sicher, ob wir die Gesellschaft für Doc geben. Ich glaube eher, wir geben sie bloß für uns selbst. Aber Doc ist ein viel zu netter Kerl, als daß man so etwas tun dürfte. Er ist der netteste Kerl, der mir je untergekommen ist. Ich möchte ihn nicht ausnützen, ihn nicht! Ich habe ihm doch mal einen Mordsbären aufgebunden, weil ich ihm einen Dollar abknöpfen wollte. Und wie ich mitten im schönsten Lügen war, merk' ich auf einmal: er weiß genau, das ist alles nur Kohl. Da ist mir das Wort im Hals steckengeblieben, und ich hab' gesagt: ›Doc, das ist ein plumper Schwindel.‹ Und er hat in seine Tasche gegriffen und einen Dollar hervorgeholt. ›Mack‹, sagte er, ›ich denke, wenn einer etwas so nötig braucht, daß er deswegen so eine kolossale Lüge erfindet, braucht er es wirklich dringend.‹ Und gibt mir den Dollar. Ich hab' ihn ihm am Tag drauf zurückgebracht, hab' ihn nicht einmal ausgegeben, nur über Nacht in der Tasche behalten und am Morgen wieder zurückgegeben.«

»Doc hat aber Einladungen schrecklich gern«, machte Hazel geltend. »Wir müssen ihn unbedingt einladen. Was ist denn zum Kuckuck dabei?«

»Ja, wollt ihr ihm denn etwas geben, was ihr zum größten Teil wiederbekommt?« fragte Mack.

»Wie wär's mit einem Präsent?« schlug Hughie vor. »Angenommen, wir kaufen Whisky und schenken ihn ihm. Soll er damit tun, was er will!«

»Du hast das Richtige getroffen«, erkannte Mack an. »So wird's gemacht. Wir geben ihm den Whisky und machen uns dünn.«

»Weißt du, was dann geschieht?« opponierte Eddie. »Henri und die ganze Carmelclique riechen den Whisky von weitem, und dann hat Doc statt uns fünf ihrer zwanzig auf dem Hals. Er hat mir einmal erzählt: Wenn er sich ein Beefsteak brät, riechen sie das bis Point Sur. Wo bleibt da der Nutzen für ihn? Er stellt sich bedeutend besser, wenn wir für ihn die Gesellschaft geben.«

Das leuchtete Mack ein. »Aber«, erwog er, »wir könnten ihm ja etwas anderes als Whisky schenken, zum Beispiel ein Paar Hemdenknöpfe mit Initialen.«

»Awas, Pferdescheiße!« rief Hazel. »Doc trägt doch so etwas nicht!«

Weiß standen die Sterne am Nachthimmel. Hazel unterhielt das niedrige Feuer, dessen Licht seine schmale Spur ein Stück weit über den Sand warf. Von der Höhe drang das scharfe Gebell eines Fuchses. Der Nachtwind wehte den Duft von Salbei herab. Murmelnd rieselte das Gewässer.

Mack brütete noch über das letztbesprochene Thema, als sie der Hall von Schritten herumfahren ließ. Ein dicklicher Mann trat aus dem Dunkel hervor. Er trug eine Büchse im Arm. Ihm zur Seite hinkte ein kurzhaariger Jagdhund. »Was treibt ihr hier, zum Donnerwetter?« fragte der Mann, und Mack antwortete: »Nichts.«

»Die Gegend steht unter Naturschutz. Fischen, Jagen, Biwakieren, Feueranzünden verboten! Packt zusammen, löscht das Feuer und macht, daß ihr schleunigst wegkommt!«

»Das haben wir wirklich nicht gewußt, Captain«, entschuldigte sich Mack, stand auf. »Ehrenwort, Captain, ich habe nirgends etwas von einem Anschlag gesehen.«

»Es sind überall Tafeln, unmöglich zu übersehen!«

»Entschuldigen Sie vielmals, Captain; es war ein Versehen unsererseits.« Mack faßte sein Gegenüber näher ins Auge, und es schien ihm ein Schlappschwanz zu sein. »Sie sind ein alter Soldat, Sir. Ja, so etwas sehe ich auf den ersten Blick an der strammen Haltung. Ich war auch beim Heer, viele Jahre; so etwas sehe ich gleich.«

Die Schultern des Mannes strafften sich unwillkürlich. »Auf meinem Land kann ich kein Lagerfeuer dulden«, erklärte er nicht eben unfreundlich.

»Wir gehen sogleich, Captain«, versprach Mack, »wissen Sie, wir arbeiten für einen Naturforscher, der notwendig

Frösche braucht. Er hat zum Wohl der leidenden Menschheit ein Mittel gegen Krebs erfunden.«

»Wozu braucht er da Frösche?«

»Ja, Sir, das ist's ja! Er überträgt den Krebs auf die Frösche, beobachtet sie und behandelt sie dann mit dem neuen Mittel. Wenn wir nun keine Frösche abliefern, ist es nichts mit dem Mittel. Aber wenn Sie nicht wollen, Captain, gehen wir auf der Stelle. Wenn wir es gewußt hätten, wären wir erst gar nicht gekommen. Mein Gott —«, er tat, als sähe er jetzt erst den Vorstehhund, »das ist ja ein Prachtexemplar von einem Pointerweibchen!« rief er begeistert. »Die sieht aufs Haar aus wie Nola, Sie wissen doch: Nola, die letztes Jahr auf der Hundeausstellung in Virginia den ersten Preis bekam? Ihre ist gewiß auch virginische Zucht, Captain?«

Der Captain zögerte etwas und log dann: »Ja. Sie ist nur lahm. Das war eine Zecke, sehen Sie: die hat sie in die Schulter gebissen!«

Mack zeigte sich sehr besorgt. »Darf ich mal nachsehen, Cap? Komm, Mädchen, komm, mein Schatz!« lockte er. Die Hündin warf einen Blick auf ihren Herrn und hinkte hinüber zu Mack. »Hazel«, gebot dieser, »wirf Reisig ins Feuer; ich seh' ja sonst nichts!«

Der Captain beugte sich über Mack, der die Hündin streichelte und untersuchte. »Es sitzt zu weit oben; da kann sie sich nicht lecken«, erklärte er.

Mack drückte etwas Eiter aus der Wunde, die böse aussah: »Ich habe einen Hund gehabt, der hatte genau die gleiche Geschichte; das gab eine Knochenentzündung, und das arme Tier ist daran eingegangen. Sie hat wohl erst grade geworfen?« erkundigte er sich. »Sechs Junge«, bestätigte der Mann. »Ich habe die Schulter mit Jod gepinselt —« — »Falsch!« belehrte ihn

Mack, in solchen Fällen durchaus unangebracht. Haben Sie zu Hause Epsomsalz?« — »Eine ganze Flasche voll.« — »Ausgezeichnet! Machen Sie ihr damit heiße Umschläge! Sie ist noch sehr schwach von ihrem Wurf. Es wäre ein Jammer, wenn Ihnen das Tier einginge; dann gingen wahrscheinlich auch die Jungen drauf.«

Die Vorstehhündin sah Mack tief in die Augen; dann leckte sie ihm die Hand.

»Ich werde Ihnen sagen, Cap, was wir jetzt machen. Ich übernehme die Behandlung. Mit Epsomsalz bring' ich sie Ihnen durch.«

Der Captain streichelte zärtlich den Kopf seines Pointers. »Hören Sie, Herr«, sagte er, »ich habe bei meinem Haus einen Pfuhl, da wimmelt es derart von Fröschen, ich kann in der Nacht kaum ein Auge zutun. Die quaken nicht, die bellen. Ich wollte, Sie würden alle wegfangen, dann wär' ich sie los. Kommen Sie nur mit!«

»Sehr liebenswürdig von Ihnen.« Mack verneigte sich. »Die Wissenschaft wird Ihnen für die Frösche Dank wissen. Ihr Hund bekommt von mir seinen Umschlag.« Er wandte sich zu den anderen. »Löscht das Feuer! Laßt den Platz in gutem Zustand zurück. Ich und und der Captain gehen voraus, um Nola zu pflegen. Sobald ihr fertig seid, könnte ihr nachkommen.« Mit diesen Worten entfernte er sich mit dem Captain.

Hazel warf Sand ins Feuer. »Der Mack!« staunte er. »Der Mack, wenn der wollte, er könnte Präsident der US werden!«

»Was hat er davon?« fragte Jones. »Da hat er doch keinen Spaß dran.«

XIV

Frühmorgens in Cannery Row — das ist die Stunde ihrer
Verzauberung. Die Straße schwebt zeitlos in silbrigem Licht.
Keine Finsternis, keine Nacht, keine Sonne, kein Tag, keine
Autos, kein Fortschritt, kein Rückschritt, keine Straßenbeleuchtung, kein Business. Grün schimmert das Unkraut. Wie
stille Perlen glänzen die Wellblechdächer. Die Ölsardinen-
fabriken stehen wie altes Zinngerät da. Es ist die Stunde des
Friedens. Rings ruht alles, was ist. Katzen schlüpfen zwi-
schen Lattenzäunen hindurch, gleiten wie Sirup am Boden und
halten nach Fischköpfen Ausschau. Frühe Hunde schreiten er-
haben dahin und wählen weise, kennerisch schnuppernd die
Stellen, wohin sie pissen. Möwen flattern heran, lassen sich
Schulter an Schulter auf platinlichten Dächern nieder, den
Abfall des Tages erwartend. Von den Felsen bei der Hopkins
Marinestation schallt das Bellen der Seelöwen; es dringt wie
Hundegekläff durch die Kühle. In Hintergärten wühlen Erdhörnchen ihre Morgenhügel auf, die feuchte Erde dampft; sie
kriechen hervor und schleppen Blumen in ihren Bau. Selten
ein Mensch, und wenn einer erscheint, läßt er die Einsamkeit
noch einsamer erscheinen. Eine von Doras Mädchen kommt
von einem Besuch bei einem Gönner, der zu fein oder zu hin-
fällig ist, um sich persönlich in die Flotte Flagge zu bemühen.
Ihr Make-up klebt, ihr Gang ist müde. Lee Chong stellt den
Abfallkübel ans Trottoir. Der alte Chinese kommt auf schlap-
pender Sohle vom Strand über die Gasse, den Hühnersteig
hinauf und am Palace vorüber. Ein Fabrikwächter blinzelt
ins Morgenlicht und blickt in die Runde. Der Nachtwächter der
Flotten Flagge tritt hemdsärmelig auf die Veranda, dehnt sich,
gähnt und kratzt sich den Bauch. Aus den Wohnröhren tönt
das unterirdische Schnarchen von Malloys Untermietern. Per-

lenstunde. Schwebendes Zwischenspiel zwischen Nacht und Tag. Die Zeit hält inne und prüft sich selbst.

An solchem Morgen, in solchem Licht schlenderten zwei Soldaten mit zwei Mädchen leichten Herzens die Straße entlang. Sie kamen aus dem La Ida und waren sehr müde und sehr glücklich. Die Mädchen waren stämmig, hochbrüstig und blond, ihre Frisuren ein wenig in Unordnung, die Feiertagskleider aus gestreiftem Kattun hingen reichlich verdrückt um die weiblichen Wölbungen. Beide trugen die Mützen ihrer Soldaten, die eine hinten im Genick, die andere fast auf der Nase. Die Nasen aber waren bei beiden breit, breiter und voller noch ihre Lippen und am breitesten ihre Hüften.

Die Soldaten hatten die Röcke aufgeknöpft und die Gürtel durch ihre Schulterklappen gezogen. Ihre Schlipse waren nach unten verschoben, die Hemden am Halse offen. Auf dem Kopf trugen sie die Hüte ihrer Freundinnen, der eine ein gelbes Strohbootchen voller Gänseblumen, der andere ein weißes gehäkeltes Häubchen mit blauen Cellophanplättchen. Hand in Hand kamen sie so in einer Reihe des Wegs; in gleichem Takt schwangen ihre Arme. Der Soldat am linken Flügel trug einen Papiersack mit Büchsenbier.

Friedlich wandelten sie durch das perlende Frühlicht. Hinter ihnen lag eine wonnige Nacht, und sie fühlten sich wohl. Sie lächelten freundlich wie Kinder, die sich einer Party erinnern.

Sie kamen an der Flotten Flagge vorbei und riefen dem Nachtwächter, der sich den Bauch kratzte, ein heiteres »Holla!« zu. Sie hörten das Geschnarche aus den Wohnröhren und lachten hell. Vor Lee Chongs Laden blieben sie stehen, betrachteten die kunterbunte Schaufensterauslage: Anzüge, Werkzeuge und Lebensmittel, die stumm und beharrlich nach Käufern riefen, und gingen weiter zum Ende der Gasse und betraten die Eisenbahnanlagen. Die Mädchen balancierten auf den Schienen, und die Soldaten hielten sie um die Taille, damit sie nicht herunterfielen. So gelangten sie zu den Bootswerften, von wo sie in die Parkanlagen der Hopkins Marinestation einbogen und unten den kleinen Badestrand aufsuchten, der der Station gegenüberlag. Es war ein sanft geschwungener Miniaturstrand zwischen kindlichen Riffen und Untiefen. Lind leckten die jungen Wellen am Uferrand, flüsterten zärtlich, und von den Meeresklippen wehte ein zarter Seepflanzenduft. Als die vier den Strand betraten, kam über Tom Works Grundstück ein Stückchen Sonne aus einem Wolkenspalt, und das Wasser in der Bucht wurde zu Gold. Die Mädchen setzten sich sittsam in den Sand und zogen die Röcke über die Knie. Der Flügelmann bohrte Löcher in vier seiner Bierbüchsen, und jeder bekam eine. Als sie getrunken hatten, legten die Burschen den Kopf in den Schoß ihrer Mädchen, blickten zu ihren Gesichtern auf, und sie lächelten sich ein müdes schönes Geheimnis zu.

Von der Station her kläffte ein Hund. Der Wächter, ein finster verdrossener Tropf, hatte die Pärchen gesehen; sein grämlicher Schnepfenhund hatte sie gewittert. Er schrie herunter. Sie rührten sich nicht. Er kam zum Strand; der Köter bellte ununterbrochen. »Wißt ihr nicht, daß man hier nicht herumliegen darf? Stehen Sie auf; das ist Privateigentum!«

Die zwei Soldaten schienen ihn nicht zu hören. Sie lächelten weiter; die Mädchen streichelten ihnen das Haar über den Schläfen. Bis schließlich der eine Soldat sachte seinen Kopf wendete, daß er zwischen den kräftigen Mädchenbeinen gleichwie in einer Wiege lag. Wohlwollend lächelte er den Aufseher an und fragte artig: »Weshalb fliegen Sie nicht auf einem Besenstiel zum Mond?« Worauf er den Kopf wieder zurückwandte und in die Augen der Freundin sah, deren blondes

Haar von der Sonne hell strahlte. Sie kitzelte ihn verträumt hinterm Ohr . . .

Die zwei Paare sahen es nicht einmal, daß der Aufseher in das Haus zurückkehrte.

XV

Als die Jungens im Farmhaus anlangten, kniete Mack in der Küche neben dem Pointerweibchen. Sie lag auf der Seite, und Mack drückte einen mit Epsomsalz getränkten Lappen auf die entzündete Stelle. Zwischen den Beinen der Hündin zuzzelten und drängten sich ihre sechs rundlichen Jungen; ihre Augen aber blickten geduldig auf Mack, als wolle sie sagen: Du siehst, was mir fehlt. Ich habe es ihm sagen wollen, er versteht mich nicht.

Der Mann hielt die Lampe, sah Mack zu und atmete auf: »Ich bin froh, daß ich jetzt wenigstens Bescheid weiß.« — »Ich will Ihnen ja nichts dreinreden«, erklärte Mack, »aber man müßte die Kleinen so rasch wie möglich entwöhnen. Genügend Milch finden sie doch nicht mehr und kauen vor lauter Hunger ihre Mutter in Fetzen.«

»Ich weiß«, seufzte der Tierhalter, »ich hätte alle bis auf eines ersäufen sollen. Das Geschäft geht ja doch nicht. Ich habe mir die größte Mühe damit gegeben, aber heut' werden nur Pudel, Boxer und Dobermanns verlangt.« — »Dabei gibt es«, sagte Mack, »für einen Mann keinen schöneren Hund als einen Pointer. Ich verstehe die Leute nicht! Aber die Kerlchen deshalb ertränken — nein, das sollten Sie nicht!«

»Am liebsten mich mit«, nahm das Geseufze seinen Fortgang, »seit meine Frau sich auf Politik verlegt hat, ist mit mir nichts mehr los. Sie ist in die Bezirksversammlung gewählt, und nun hat sie entweder ihre Sitzungen, oder sie hält Ansprachen, und wenn sie glücklich einmal daheim ist, entwirft sie Gesetzesvorlagen.«

»Viel Vergnügen! — Ich meine, viel Vergnügen haben Sie dabei nicht, Cap.« Mack nahm ein zappelndes putziges Pointerjunges auf den Arm. »Aus so einem Püppchen könnte ich Ihnen in drei Jahren einen erstklassigen Vorstehhund machen.«

»Möchten Sie gern eines?« fragte der Eigentümer.

Mack blickte auf und staunte: »Im Ernst?« und griff zu: »Ja, mein Gott, gern!«

»Suchen Sie sich eins aus! Bitte! Für Hühnerhunde hat ja sonst kein Mensch mehr Verständnis.«

Macks Gefährten standen in der Küche herum und sammelten Eindrücke. Geöffnete Konservenbüchsen, der Küchentisch voller Krümel, die Bratpfanne, an der noch der Rand von Spiegeleiern haftete, auf der Brotbüchse eine offene Schachtel mit Patronen — all das deutete auf die Abwesenheit der Hausfrau. Doch das über die Küchenbretter gebreitete Spitzenpapier und die für Männerhände zu kleinen Handtücher am Halter sagten ihnen: Hier ist sonst eine Frau! Und sie begrüßten es unbewußt, daß sie zur Zeit nicht da war. Eine Frau, die zum Schutz ihrer Geschirrbretter Spitzenpapier ausbreitet, hegt eine instinktive Abneigung gegen Leute vom Schlage der Palace-Clique, denn solche Geschöpfe bilden die ärgste Gefahr für ein Heim; sie bieten an Stelle von Häuslichkeit, Ordnung und Reinlichkeit ihrem Gatten Sorglosigkeit, leichten Sinn und Kameradschaft. Wirklich ein Glück, daß die Frau nicht da war, fanden die Jungens.

Der Mann hingegen schien den Besuch als wahre Ehre und Gewinn zu betrachten. Er wollte ihn gar nicht weglassen. »Ehe ihr Frösche fangt«, sagte er beinahe schüchtern, »solltet ihr euch etwas stärken . . .«

Die Gefährten blickten auf Mack, dessen Gesicht sich in nachdenkliche Falten legte. »Auf wissenschaftlichen Expeditionen«, erklärte er, »ist es für uns Gesetz, keine Einladung anzunehmen, aber«, setzte er mit bezwingender Liebenswürdigkeit hinzu, »da Sie so ein netter Mensch sind, bin ich persönlich nicht abgeneigt, eine Ausnahme zu machen. Ich weiß allerdings nicht, wie sich meine Mitarbeiter dazu stellen.«

Die Mitarbeiter erklärten sich mit ihrem Chef solidarisch. Der Gastgeber nahm eine Taschenlampe, stieg in den Keller, rumpelte dort herum und tauchte nach einer Weile mit einem Eichenfäßchen im Arm wieder auf. Das stellte er auf den Küchentisch und erklärte: »Während der Prohibition habe ich etwas Kornschnaps auf die Seite getan. Hätte schon längst einmal nachsehen müssen, wie er sich inzwischen gemacht hat; hab' ihn aber ganz vergessen. Wissen Sie, meine Frau —« Mehr brauchte er nicht zu sagen. Er fühlte, daß man ihn verstand, zapfte daher das Fäßchen an, holte sechs Wassergläser vom spitzengezierten Wandbrett, und da es eine schwierige Aufgabe ist, aus einem vollen Fäßchen kleine Rationen zu gießen, wurden die Gläser fast bis zum Rand voll. Keiner setzte sein Glas an die Lippen, bis nicht der klarbraune Trank für einen jeden eingeschenkt war. Dann prosteten sie dem gütigen Spender feierlich zu, setzten an, kippten, schluckten, schnalzten, und ihre Augen verklärten sich.

Mack blickte tief in sein geleertes Glas. Es war, als läse er auf dessen Grund eine gnadenreiche Verkündigung. Er hob die Augen zum Himmel und sprach: »Ja, so ein Stöffchen wird nicht auf Flaschen gefüllt!« Er atmete tief ein, blies den Atem an seiner Nase vorbei und schnupperte. »So etwas Feines habe ich in meinem ganzen Leben noch nicht geschmeckt.«

Der Captain zwinkerte fröhlich: »Nicht übel!« und sah nach dem Fäßchen. »Wie wär's mit noch einem Schlückchen?« Mack starrte andachtsvoll in sein Glas und bemerkte: »Es wäre am praktischsten, wenn man zunächst ein paar Liter in eine Kanne füllt, sonst geht am Ende noch etwas verschütt; das wäre sündhaft.«

Zwei Stunden später erinnerten sie sich, wozu sie da waren.

Der Froschteich war fünfzehn Meter breit, fünfundzwanzig Meter lang und einen Meter tief. An seinen Rändern wucherte saftiges Gras. Ein Graben führte das Flußwasser zum Teich, von wo aus kleinere Rinnen es über die Gärten verteilten. Und Frösche gab es zu Tausenden! Ihre Stimmen trommelten durch die Nacht, sie brummten, dröhnten, hämmerten, quäkten, klapperten, sangen die Sterne an, trillerten Liebeslieder und Kampfgesänge.

Die Jäger schritten durchs Dunkel zum Weiher. Der Captain trug einen vollen Krug Kornschnaps, jeder Mann sein Glas, Hughie und Jones ihre Jutesäcke. Alle waren vom Hausherrn mit Taschenlampen versehen worden, die noch funktionierten.

Als sich nun die sechs den Jagdgründen näherten, hörten die Frösche das nahende Unheil. Eben noch hatten ihre Gesänge das Tal durchhallt — nun war mit einemmal alles totenstill. Die Jagdgesellschaft ließ sich im Grase nieder, nahm noch einen letzten Schluck und entwarf den Feldzugsplan. Der Plan war kühn.

Während des ganzen Millenniums, da Menschen und Frösche die gleiche Erde bewohnen, haben vermutlich die ersteren auf die letzteren Jagd gemacht. In diesem unermeßlichen Zeitraum haben sich ganz bestimmte Spiel- und Jagdregeln herausgebildet. Mit Netzen, Bogen, Lanzen oder Schießgewehr pirscht sich der Mensch — seiner Meinung nach lautlos — an die Frösche heran. Nun verlangt es die Spielregel, daß der

Frosch still sitzt. Der Frosch wartet bis zum letzten Sekunden-bruchteil, in dem das Netz sich ins Wasser senkt, die Lanze die Lüfte durchzieht, der Finger Druckpunkt faßt — dann hupft er ins Wasser, daß man es platschen hört, schwimmt hinunter zum Grund und bleibt dort so lange, bis der Mensch abzieht. Also lautet die Jagdvorschrift, denn also geschah es seit urvordenklichen Zeiten, und der Frosch erwartet mit vol-lem Recht, so werde es immer sein. Dann und wann kommt das Netz zu schnell, die Lanze durchbohrt, die Kugel erreicht ihr Ziel, und der Frosch beißt ins Gras. Das ist Kriegsbrauch, ist fair, das hält sich im Rahmen der Überlieferung. Die Frösche erheben dagegen keinen Einspruch. Wie aber hätten sie Macks Neue Ordnung vorausahnen können? Wie den kom-menden Schrecken? Das jähe Aufblitzen der Taschenlampen, das Gejohle, das Getrampel der Füße? Das Froschvolk stürzte sich klatschend ins Wasser und ruderte wie besessen zum Grund. Da aber stapften die Angreifer in geschlossener Linie brüllend hinein in den Teich, planschten, stampften und tram-pelten mit schlenkernden Beinen geradewegs durch den Pfuhl. Wahnsinnige Angst überfiel die Bewohner, so daß sie ihre friedlichen Sitze preisgaben, in wilder Flucht vor den zermal-menden Füßen das Weite suchten; aber die Füße folgten den Fliehenden. Frösche sind ausgezeichnete Schwimmer, nur fehlt es leider an Ausdauer. Mit allen vieren ruderten sie durch den Höllenpfuhl, bis sie am anderen Ende in dichten Scharen zu-sammengedrängt waren. Aber die plumpen Füße, die heran-drängenden, Schaum aufwirbelnden Menschenbeine waren ihnen gefolgt. Einige Frösche verloren den Kopf, zappelten sich zwischen den Schuhen und Stiefeln durch und waren ge-rettet. Die Majorität jedoch beschloß, diesem Teich für immer den Rücken zu kehren und Heimstätten in einem neuen Lande zu suchen, wo solche Vorkommnisse undenkbar wären. Eine riesige Woge verzweifelter und ermatteter Frösche, große, kleine, braune, grüne, gelbe, Männer, Weiber und Kinder, ergoß sich über das Ufer, und — Schreck über Schreck — Taschenlaternen stöberten sie dort auf. Zwei Männer sammelten sie wie Brombeeren ein. Zugleich aber stiegen Angreifer aus dem Wasser, umzingelten sie und lasen sie auf wie Kartoffeln. Zu Dutzenden, Hunderten wurden sie in die Jutesäcke geschleudert, die bald von erschöpften, entsetzten, enttäuschten Fröschen angefüllt waren, von triefenden, wimmernden Fröschlein. Wohl gelang es einigen wenigen, zu entkommen; etliche hatten sich auch im Teich versteckt. Doch nie zuvor in der ganzen Froschweltgeschichte hatte eine derartige Exekution stattgefunden. Es waren an fünfzig Pfund Frösche; man zählte sie nicht, doch ihre Zahl mochte siebenhundert erreichen. Mack und Genossen banden die Säcke zu und trieften vor Nässe nicht minder als diese. Die Luft war kalt; daher nahm, um sich nicht zu verkühlen, jeder noch einen kräftigen Schluck, ehe sie wieder ins Haus zurückkehrten.

Der Hausherr hatte sich wohl noch nie so gut unterhalten und fühlte sich dafür Mack und den Jungens aufrichtig verbunden. Als dann später die Vorhänge Feuer fingen und vermittels der kleinen Handtücher heruntergerissen und gelöscht wurden, erklärte er lächelnd, das mache nichts.

Er hätte es geradezu als Auszeichnung empfunden, wenn sie ihm das ganze Haus niedergebrannt hätten, aber darauf legten sie keinen Wert. »Meine Frau ist ein wundervoller Mensch«, verkündete er, »die fabelhafteste Frau, die es gibt; sie hätte ein Mann werden sollen, dann hätte ich sie nicht geheiratet!«

Über diese Anmerkung mußte er heftig und anhaltend lachen. Er wiederholte sie etwa viermal, damit er sie nicht vergesse und noch bei anderen Gelegenheiten vorbringen könne. Den aufs neue gefüllten Krug verehrte er Mack und erklärte, er wolle zu ihnen ins Palace Hotel ziehen. Seine Frau, meinte er, werde bestimmt von Mack und den Jungens entzückt sein; schade, daß sie nicht da sei! Zum Schluß legte er sich auf den Boden, den Kopf zwischen die jungen Hündchen gebettet.

Die Palace-Clique genehmigte noch einen Trunk und betrachtete sinnend den Schlummernden. Und Mack sprach: »Den Schnaps hat er mir geschenkt, das habt ihr gehört?«

»Natürlich hat er«, bestätigte Eddie, »wir sind Zeugen.«

»Und er hat mir ein Junges geschenkt?«

»Natürlich. Nimm dir eins! Worauf wartest du noch?«

»Ich habe nie einen Besoffenen geplündert; ich tu' es auch jetzt nicht«, erklärte Mack. »Machen wir bloß, daß wir wegkommen! Wenn er aufwacht, hat er den schönsten Katzenjammer, und dann heißt es: wir sind dran schuld.« Seine Augen wanderten von den verbrannten Vorhängen zum Fußboden, der von Schnaps und Hundedreck klitschte, von da zu dem Herd, der von Dreck- und Speckgerinnsel starrte, und endlich zu den sechs Pointerjungen. Diese musterte er mit besonderer Aufmerksamkeit, betastete Knochen und Körperbau, sah ihnen in die Augen, ins Maul und hob endlich ein schön geflecktes Weibchen mit lederfarbener Schnauze und feinen dunkelgelben Augen zu sich empor. »Komm, Darling!«

Mit Rücksicht auf Feuergefahr bliesen sie die Lampe aus; auch dämmerte schon der Morgen, als sie das Haus verließen. »Das war der prächtigste Ausflug in meinem ganzen Leben«, rühmte Mack, »aber wenn ich mir so die Rückkehr von dem seiner Frau vorstelle, läuft es mir kalt den Rücken herunter.« Das Junge auf seinem Arm winselte. Er barg es an seiner Brust unter dem Rock. »Er ist wirklich ein netter Kerl. Er hat es nur nicht gemütlich daheim. Das ist das einzige, was ihm fehlt. Aber wir haben das alles nur Doc zuliebe getan, Kinder, vergeßt das nur ja nicht!« mahnte er, bei ihrem Modell T Ford angelangt. »Wenn wir die ganze Geschichte bei Licht besehen und den Berg Frösche, dann muß man schon sagen: Doc ist doch ein sehr glücklicher Bursche.«

XVI

Die eigentliche Stoßzeit für das Restaurant Flotte Flagge war der Sardinenfang im März. Nicht allein, weil da die Sardine in silbrigen Myriaden strömt und das Geld beinahe in gleichem Ausmaß, sondern auch, weil zur Ablösung ein neues Regiment in Garnison rückte. Frisch angekommene Soldaten neigen zum Bummeln. Aber leider war Dora in diesem Jahr sehr knapp an Personal. Eva Flanegan war auf Ferien in East St. Louis, Phyllis Mae hatte sich in Santa Cruz auf der Rutschbahn das Bein gebrochen, Elsie Doublebottom hatte ein neuntägiges Gebetsgelübde abgelegt und war bis zu dessen Erfüllung für nichts anderes zu haben. Sardinenfischer mit vollen Taschen gingen des Nachmittags aus und ein in der Flotten Flagge. Jeden Abend bei Eintritt der Dunkelheit stachen sie in See, fischten die Nacht über und wollten am Nachmittag ihr Vergnügen. Abends kamen die Soldaten vom neuen Regiment, drückten sich herum, ließen den Musikautomaten spielen, tranken Coca-Cola und vertrösteten die Mädchen auf den nächsten Soldtag. Dora verursachte die Einkommensteuererklärung schweres Kopfzerbrechen. Ihr Einkommen war verboten, aber versteuern sollte sie es! Wie war das Rätsel zu lösen? Wie waren gleichzeitig die alten Stammkunden aus der Stadt, die Arbeiter aus den Kiesgruben, die Cowboys von den Ranchs und obendrein die Eisenbahner zufriedenzustellen? Sie kamen vollzählig und ungeniert durch den Haupteingang, während die städtischen Beamten und Großkaufleute zur Hintertür in die für sie reservierten Séparées schlüpften, die mit ihren Chintzvorhängen und -überzügen einen verschwiegenen Aufenthalt boten.

Der Monat war also wahrlich schon aufreibend genug. Aber nun brach auch noch die Grippe aus. Ganz Monterey wurde von der Epidemie befallen.

Erst erkrankten Mrs. Talbot und Tochter im Hotel San Carlos, gleich darauf Tom Work, Benjamin Peabody und Frau, die hochwürdige Mutter Maria Antonia Field sowie die ganze Familie Gross.

Monterey hatte zwar für gewöhnliche Krankheiten, Neurosen und Unglücksfälle genügend Ärzte, aber jetzt konnten diese nicht einmal jene Patienten behandeln, die genug Geld hatten, dafür zu zahlen (und trotzdem die Arztrechnung schuldig blieben).

Cannery Row, wo eine zähere Rasse gedeiht, zeigte sich widerstandsfähiger als die übrige Stadt, aber schließlich mußte auch sie dran glauben. Die Schulen wurden geschlossen. Es gab kein Haus ohne fiebernde Kinder und kranke Eltern. Die Epidemie war an sich nicht so mörderisch wie die von 1917, aber bei Kindern hatte sie oft Ohrenkrankheiten im Gefolge. Die Ärzte, die nicht wußten, wo ihnen der Kopf steht, ließen Cannery Row links liegen; es war ihnen nicht lukrativ genug.

Doc vom Western Biological hatte keine Erlaubnis zur Ausübung einer Arztpraxis und wollte auch keine. Er konnte nichts dafür, daß sich die ganze Straße um ärztlichen Rat und Hilfe an ihn wandte. Es kam wie von selbst, daß er von Haus zu Haus, von Hütte zu Hütte rannte und Fieberthermometer, Medikamente, Decken und Essen verteilte. Von ihren Betten blickten aus heißen Fieberaugen die Mütter zu ihm empor und dankten ihm und bürdeten ihm die volle Verantwortung für ihrer Kinder Genesung auf. Wenn ihm ein Fall bedrohlich schien, telefonierte er einem Arzt in der Stadt, und manchmal, im Fall äußerster Not, kam auch einer. Aber für die Familien war es immer ein Fall äußerster Not.

Doc fand kaum Schlaf und lebte von Ölsardinen und Bier. Einmal traf er bei seinem Einkauf in Chongs Laden Dora, die eine Nagelschere erstand. »Sie sehen sehr übermüdet aus«, fand sie.

»Ich bin es«, antwortete Doc, »seit einer Woche habe ich nicht richtig geschlafen.«

»Es soll ja fürchterlich sein«, klagte Dora, »diese Grippe kommt mir sehr ungelegen.«

»Wir haben gottlob noch keinen Todesfall in unserem Bezirk«, beruhigte Doc, »aber mit einigen Kindern steht es verzweifelt. Die Ranselskinder haben alle Mittelohrentzündung.«

»Könnte ich irgendwie helfen?« fragte Dora.

Sagte der Doktor: »Das will ich meinen! Alle sind hilflos, die Ransels leben in Todesangst; die Kinder fürchten sich so, allein zu sein. Wenn Sie oder eins von den Mädchen bei ihnen sitzen könnten!«

Dora hatte ein Herz, weich wie ein Mäusebauch, auch wenn sie zuweilen hart sein konnte wie Diamant. Stracks machte sie kehrt und begann zu organisieren. Die Flotte Flagge wurde zur Rotkreuzfahne. Es war ein schweres Stück Arbeit, aber Dora ließ nicht locker. Der griechische Koch kochte in einem großen Kessel eine kräftige, nahrhafte Suppe, einen halben Hektoliter. Die Mädchen hielten zwar den Betrieb weiterhin aufrecht, doch arbeiteten sie in Schichten und lösten einander ab, sowohl in den Betten wie an den Betten, und jedesmal, wenn sie zur Hauspflege in eine Familie gingen, brachten sie einen Topf Suppe mit.

Überall rief man nach Doc. Nach seinen Weisungen teilte Dora die Mädchen ein, und dabei ging während der ganzen Zeit in der Flotten Flagge der Hochbetrieb weiter. Ununterbrochen lief der Musikautomat. Fischer, Soldaten und Arbeiter standen Schlange, und die Mädchen verrichteten ihre Arbeit, nahmen dann ihre Suppentöpfe und setzten sich zu den Ranselskindern, den Ferriaskindern und den Kindern McCarthys. Sie schlüpften zur Hintertür hinaus, und wenn sie den Kranken Gesellschaft leisteten, schliefen sie manchmal im Sitzen ein.

Sie trugen kein Make-up mehr bei der Arbeit; dazu fehlte es ihnen an Kraft und Zeit. Es gab so viel zu tun, daß sie sämtliche Mitglieder des Frauen-Altersheimes von Monterey hätte anstellen können, behauptete Dora. Es war die arbeitsreichste Zeit, welche die Girls von der Flotten Flagge jemals erlebt hatten, und alle waren glücklich, als sie überstanden war.

XVII

Trotz seiner Güte und seiner Freunde war Doc ein einsamer Mensch, ein Einzelgänger. Mack wußte es mehr als jeder andere. Auch unter Menschen war er immer allein. Wenn in seinem Zimmer die Vorhänge zugezogen waren und von dem Plattenspieler gregorianische Kirchenmusik ertönte, sah Mack vom Palace hinunter zum Biologischen Laboratorium und wußte, Doc hat ein Mädchen, und fühlte zugleich, Doc hat keinen Menschen, er ist ein Einsamer selbst in Stunden engster Verbundenheit.

Er war ein Nachttier. Die ganze Nacht hindurch brannte sein Licht, und dabei war er auch bei Tag auf den Beinen.

Zu jeder Tages- und Nachtzeit wehten die großen tönenden

Andachten aus dem Labor, und wenn alles finster war und es schien, als sei Schlaf über ihn gekommen, erhoben sich mit einemmal die Knabenstimmen des Sixtinischen Chores morgenklar aus den Fenstern des Laboratoriums.

Felsen und Ufer des Meeres waren Docs Stapelplatz, und er wußte genau, an welcher Stelle er, was er gerade brauchte, zu suchen hatte. Alle seine Handelsartikel lagerten säuberlich abgeteilt an der pazifischen Küste, hier die Medusen, dort Polypen, da Ringelwürmer und drüben die Seeviolen. Aber wenn Doc auch wußte, wo sie zu finden waren, konnte er sie doch nicht einfach abholen, wenn er sie gerade brauchte. Denn die Natur hält ihre mannigfachen Arten wohl verwahrt und gibt sie nur zu besonderen Anlässen frei. Doc mußte nicht allein die Gezeiten kennen, sondern auch jede besonders niedrige Ebbe der einzelnen Küstenstriche. Stand eine solche bevor, so packte er seine gesamte Fang- und Sammelapparatur, Flaschen, Krüge, Glasplatten und Konservierungsmittel, fuhr damit hinaus zu dem Strand, den Klippen und Felsenvorsprüngen, die seinen Bedarf in reichlicher Fülle deckten.

Diesmal lag eine Bestellung auf kleine Polypen vor, deren nächster Fundort das steinige Ebbegebiet von La Jolla zwischen Los Angeles und San Diego war, was hin und zurück je fünfhundert Meilen Fahrt verlangte und hieß, rechtzeitig bei zurückweichender Flut an Ort und Stelle zu sein.

Die kleinen Achtfüßler leben im Sand zwischen Steinen. Sie sind furchtsam und jung und suchen mit Vorliebe solche Stellen auf, deren Erdspalten und Höhlungen ihnen Schutz vor der Brandung gewähren und sie zugleich den Blicken ihrer Verfolger entziehen. Und da sich an den gleichen Orten Tausende von Seeanemonen finden, konnte Doc bei dieser Gelegenheit auch seinen Bedarf an Seeanemonen decken.

Donnerstag früh fünf Uhr siebzehn war Ebbebeginn. Wenn

Doc Mittwoch vormittag von Monterey aufbrach, konnte er rechtzeitig dort sein. Er hätte gern jemand zur Gesellschaft mitgenommen, aber zufällig war niemand frei. Die Palace-Clique war auf Froschjagd im Carmeltal, drei junge Damen seiner Bekanntschaft, die sich ihm mit Vergnügen angeschlossen hätten, waren Angestellte und konnten nicht mitten in der Woche blaumachen, und Henri, der Maler, war unabkömmlich, denn das Warenhaus Holman hatte einen Flaggenmast-Eisläufer engagiert: der lief auf der Spitze der hohen Fahnenstange, die vom Dach des Warenhauses emporragte, auf einer kleinen kreisrunden Plattform Schlittschuh — immerzu im Kreise, nun schon drei Tage und Nächte! Er wollte einen neuen Plattformeislaufrekord aufstellen, und da der bisherige Rekord hundertsiebenundzwanzig Stunden betrug, hatte er noch ziemlich lange zu laufen. Henri hatte seinen Beobachtungsposten gegenüber von Red Williams Tankstelle bezogen und war einfach hingerissen. Er entwarf ein symbolisches Gemälde, betitelt: »Eislauf-Wachträume auf dem Flaggenmast.« Solange der Schlittschuhmatador aushielt, konnte er unmöglich weg, denn — beteuerte er — diesem Sphärenlauf wohnten philosophische Inhalte inne, die noch niemand berührt, geschweige ergründet hatte.

Den Blick wie gebannt auf den Himmelseisläufer gerichtet, saß er, den Rücken gegen die Lattenwand vor dem Pissoireingang der Tankstelle gelehnt, auf seinem Klappstühlchen, und deshalb mußte Doc allein reisen. Denn die Ebbe wartete nicht.

Frühmorgens packte Doc seine Reiseutensilien in eine kleine, Instrumente und Saugheber in eine größere Tasche, stutzte und kämmte sein braunes Bärtchen, versorgte die Bleistifte in der Hemdenbrusttasche, befestigte sein Vergrößerungsglas am Rockaufschlag, verstaute Flaschen, Glasplatten, Konservierungsmittel, Kübel, Gummistiefel und seine Wolldecke hinten im Wagen, wusch im Dämmer der Perlenstunde noch rasch das Geschirr der letzten drei Tage ab, warf Küchenabfälle in den Mülleimer, schloß die Tür, ohne sie abzusperren, und fuhr ab. Es schlug eben neun.

Doc reiste langsamer als gewöhnliche Autofahrer. Er hielt gern an, um irgendwo eine Wurst zu verzehren oder ein Bier zu trinken. Als er beim Leuchtturm vorbeikam, winkte er einem Hund zu, und dieser sah ihm nach und lächelte. Ehe er Monterey hinter sich ließ, hielt er, da er Hunger verspürte, bei Herman an und stärkte sich. Dabei fiel ihm eine Bemerkung ein, die ein Schriftsteller namens Blaisedell vor einiger Zeit ihm gegenüber gemacht hatte: »Du bist so verrückt nach Bier; ich glaube, du bestellst dir noch mal einen Bier-Milch-Cocktail!« Das war natürlich purer Blödsinn von diesem Blaisedell, aber sein Ausspruch ging Doc seitdem nicht aus dem Kopf. Wie mag wohl ein *beer milk shake* munden? Der Gedanke ließ ihn einfach nicht los. Mit jedem Glas Bier stieß er ihm auf. Gerinnt die Milch in dem Bier? Tut man Zucker dazu? Schmeckt es ähnlich wie saure Sahne? . . . Es war wie verhext, er traute sich kaum, Hermans Milchshaker anzusehen; sie blinzelten ihm von der Rückwand gar verführerisch zu. Doch wenn man einen Bier-Milch-Cocktail bestellt, dann nicht dort, wo einen jedes Kind kennt; lieber in einer fremden Stadt! . . . Aber wenn dort ein Mann mit Bart kommt und einen *beer milk shake* verlangt, rufen die Leute womöglich die Polizei. Ein Bartträger ist ohnedies verdächtig. Er darf nicht einmal sagen, er trage einen Bart, weil es ihm Spaß mache. Die Wahrheit ist hier wie fast überall unbeliebt. Als weiser Mann lügt er lieber und redet etwas von einer Narbe, die ihm beim Rasieren hinderlich sei.

Als Doc auf der Universität Chikago studierte, hatte er eine unglückliche Liebe, war außerdem überarbeitet und begab sich daher mit Stock und Rucksack auf Wanderung, lief endlose Wege durch Kentucky, North Carolina, Georgia bis Florida, traf Farmer, Fischer, Gebirgler und Sumpfbewohner, kurz: Menschen aller Art, und alle fragten ihn, warum er so durch die Gegend renne. Als wahrheitsliebender Jüngling erklärte er, er sei nervös und wolle gern das Land sehen, das Gras, die Bäume und Vögel, den Duft der Erde atmen und sich an der Landschaft ergötzen. Da ärgerten sich alle, weil er die Wahrheit sprach. Die einen schimpften, andere tappten sich mit dem Finger vor die Stirn, wieder andere kniffen ein Auge zu, als durchschauten sie ihn. Er wurde für einen Schwindler gehalten. Besorgt um seine Töchter, Schweine oder Hühner, wies ihm so mancher die Tür und riet ihm, sich nie wieder blicken zu lassen.

Darauf gab der junge Doc der Wahrheit den Laufpaß und erzählte jedermann, der es wissen wollte, es handle sich um eine Wette: um hundert Dollar! Das glaubten ihm alle, und er war überall, wohin er noch kam, beliebt. Man lud ihn zum Abendbrot und zum Übernachten ein, setzte ihm morgens ein gutes Frühstück vor, wünschte ihm glückliche Reise und fand, er sei ein Prachtmensch. Noch immer liebte er die Wahrheit, aber sie war, das wußte er jetzt, als Geliebte gefährlich.

In Salinas kehrte er nicht ein, wohl aber in Gonzales, King City und Paso Robles, aß jedesmal eine Fleischwurst und trank ein Bier. In Santa Maria nahm er zwei Würste und zwei Bier zu sich, denn bis Santa Barbara hatte er noch einen gehörigen Weg. Dort angelangt, hatte er Suppe, Braten mit Gemüse, Salat, Kartoffelbrei, Ananastorte, blauen Käse und Kaffee, tankte und ging, während man seinen Benzinvorrat auffüllte, in den Waschraum, wo er sich wusch und den Bart kämmte. Als er von dort zurückkam, stand eine Anzahl kräftiger Kerle um seinen Wagen herum. »Nach Süden, Mister?«

Nun war Doc in diesen Dingen kein heuriger Hase und wußte, daß man sich einen Mitreisenden sehr genau ansehen muß. Am besten fährt man mit Alterfahrenen. Sie reden unterwegs nicht viel. Neulinge meinen immer, sie müßten ihre Freifahrt mit Schmusen bezahlen. Manchmal gerät man an Burschen, die schwätzen dem Teufel das Ohr weg. Auf alle Fälle muß man dem Tramper sagen, man fahre nicht weit. Wenn er einem dann über wird, ist man ihn rascher wieder los. Hat man Glück, so findet man einen, der sich unterwegs nützlich erweist. Doc musterte die Gesellschaft. Seine Wahl fiel auf den Kleinsten, der in seinem blauen Anzug wie ein Geschäftsreisender aussah. Er hatte nachdenkliche dunkle Augen und tiefe Falten um Nase und Mund. »Nach Süden?« fragte er Doc verdrossen. Dieser bejahte: »Aber nur eine kurze Strecke.« — »Darf ich mit?« — »Steigen Sie ein!«

Bis Ventura, wo Doc nur um einen Schluck Bier zu trinken hielt, denn er war von dem reichlichen Mittagsmahl noch satt, hatte sein Fahrtgenosse noch kein Wort geredet. »Trinken Sie auch etwas?« fragte Doc beim Parken.

»Nein«, versetzte der Tramper, »und ich finde es unverantwortlich von Ihnen, in alkoholisiertem Zustand zu chauffieren. Was Sie mit Ihrem eigenen Leben anfangen, ist mir ja gleichgültig, Mister, aber ein Auto kann in der Hand eines besoffenen Chauffeurs zur Mordwaffe werden.«

Doc stand verwundert. »Steigen Sie aus!« bat er sanften Tones.

»Wa-as?«

»Wenn Sie nicht draußen sind, bis ich bis zehn gezählt habe, bekommen Sie von mir einen Kinnhaken — also: eins — zwei — drei —«

Der Mann rüttelte am Türgriff und stieg aus, die Augen

furchtsam auf Doc gerichtet. »Ich hole die Polizei!« schrie er, als er draußen war, »ich lasse Sie festnehmen!«

Doc zog aus dem Werkzeugkasten einen Schraubenschlüssel hervor. Sein Gast, dies sehend, verschwand. Doc trat verstimmt an den Ausschank.

Die Kellnerin, eine blonde Schönheit mit einem Anflug von Kropf, fragte ihn mit gewinnendem Lächeln: »Was darf es sein?«

»Ein *beer milk shake!*« bestellte der Doktor.

»Ein was?«

Jetzt oder nie! dachte Doc: Da es denn doch einmal sein muß! — »Soll das ein Witz sein?« fragte die Blonde gereizt, und Doc sah ein, er durfte auch diesmal nicht bei der Wahrheit bleiben. »Ich habe ein Ekzem, Miss«, erklärte er, »Bipalychaetorsonectomie nennen es die Ärzte. Dagegen hilft nur ein *beer milk shake;* was will man machen? Ärztliche Verordnung!«

Da überflog ein schelmisches Lächeln die Miene der Kellnerin. »Oh! Und ich dachte schon, Sie wollten sich einen Spaß mit mir erlauben! Sagen Sie mir nur, bitte, wie ich's zu machen habe; ich wußte ja nicht, daß Sie krank sind.«

»Sehr krank«, betonte Doc, »und werde von Tag zu Tag kränker. Nehmen Sie so viel Milch wie sonst auch und geben Sie eine halbe Flasche Bier dazu. Keinen Zucker! Den Rest Bier trinke ich pur.«

Sie mixte, servierte; er kostete und verzog das Gesicht. Dabei war es nicht einmal so schlimm. Es schmeckte genau wie abgestandenes Bier mit Milch drin. »Muß doch schrecklich sein«, meinte die Blonde.

»Wenn man daran gewöhnt ist«, antwortete Doc, »ist es nicht schlimm. Ich trinke es schon seit siebzehn Jahren.«

XVIII

Die Fahrt ging gemächlich weiter. Beim Halt in Ventura war es schon spät am Nachmittag; daher verweilte er in Carpenteria nur, um ein Käsebrötchen zu essen und rasch auf die Toilette zu gehen. In Los Angeles wollte er dann gründlich zu Nacht speisen. Es war schon dunkel, als er dort ankam. Er fuhr bis vor eine Rosticceria, wo er sich an Juliennesuppe, Brathuhn, Ananastorte und blauem Käse gütlich tat, die Thermosflasche mit heißem Kaffee füllen ließ und fürs Frühstück zwei Flaschen Bier und sechs Schinkenbrote mitnahm.

Die Nachtfahrt war für ihn kein Genuß. Die Landstraße war nur im Bereich seiner Scheinwerfer sichtbar, und von Hunden war nichts zu sehen. Er beschleunigte das Tempo und war endlich um zwei Uhr am Ziel. Er fuhr ohne Aufenthalt durch La Jolla bis zu dem Felsenvorsprung, unterhalb dessen sich, noch vom Meer überflutet, seine Jagdgründe ausbreiteten. Dort stoppte er, aß ein Schinkenbrot, trank etwas Bier, schaltete die Lichter aus und legte sich zusammengekrümmt auf dem Sitz seines Wagens schlafen.

Er brauchte nicht auf die Uhr zu sehen. Die Gezeiten lagen ihm so im Blut, daß er deren Wechsel bis tief in den Schlaf hinein spürte. Er erwachte im Frühdämmer und spähte durch die Windschutzscheibe seewärts. Die Wogen zogen sich schon vom Ufergeröll zurück. Er nahm etwas heißen Kaffee und drei Sandwiches zu sich und goß auf diese Unterlage ein Viertel Bier.

Unmerklich entfernt sich die Flut. Langsam erscheinen und wachsen Steine und Klippen. Wo Ozean war, erscheinen große und kleine Pfützen, nasses Schlinggewächs, Schwämme, Moos und ein regenbogenfarbener Schimmer. Der Auswurf des Meeres breitet sich aus. Muscheln und Muschelreste, Skelette,

Gräten und Scheren. Der Meeresboden ist ein gewaltiger Friedhof, doch einer, auf dem es von Leben wimmelt und kreucht.

Doc zog die Gummistiefel an, setzte umständlich seinen Wetterhut auf, holte Eimer, Krüge und eine Brechstange hervor, stopfte ein paar Schinkenbrote in die eine, die Thermosflasche in die andere Rocktasche und stieg den Felsen hinab zum Ebbestrand. Suchend und sammelnd folgte er der sich zurückziehenden Flut auf dem Fuß, wendete mit der Brechstange die Uferkiesel um, fuhr dann und wann mit der Hand in das stehende Wasser und zog einen kleinen Polypen heraus. Der krümmte sich, wurde rot vor Zorn und spie schwarze Flüssigkeit über Docs Hand. Doch dieser warf ihn zu den anderen in einen Krug Seewasser, und meistens befand sich der Neuangekommene in einem solchen Zustand der Raserei, daß er seine Mitgefangenen anfiel. Auf diese Weise fing Doc zweiundzwanzig kleine Polypen und sammelte zwischendurch einige hundert Seeanemonen in seinem Holzeimer.

Der Morgen kam, die Sonne ging auf, die Beute wuchs. Zweihundert Meter weit wich das Meer, langsam von Doc gefolgt, bis zu einer Kette tangüberwachsener Klippen zurück. Hier senkte der Boden sich schroff in die Tiefe und gebot dem Vorwärtsdrang Einhalt.

Doc hatte nun seinen Bedarf so ziemlich gedeckt, sah aber trotzdem noch unter jeden Stein, neigte sich über jede Pfütze, das brodelnde, zappelnde Leben in seinem vielfarbigen Glanz zu betrachten.

Er hatte die Felsenschranke erreicht, von der in langen, braunen und rauhen Fransen der Seetang herabhing. Er blickte und lauschte in die schäumenden Wogen, die drohend gegen die Felsen schlugen: Wir kommen wieder, gleich kommen wir!

Der Sammler klomm über die von Seesternen geröteten Riffe, als er auf einmal unter dem Wasser etwas Helles emporschimmern sah. Doch ehe er es noch zu erkennen vermochte, war es wieder vom treibenden Seetang bedeckt.

Er ließ sich den glitschigen Felsen hinab und langte, sich mit der einen Hand an einen Felszacken klammernd, vorsichtig hinunter und schob das verschlungene braune Gewächs beiseite.

Weiß, von dunklen Haarsträhnen umflossen, sah ein Gesicht zu ihm empor. Der Körper war durch Gestein den Blicken entzogen. Doc wurde eiskalt. Es war ein schönes junges Angesicht mit leichtgeöffneten Lippen, es war, als lächle das Mädchen, getröstet und ruhevoll. Es lag nah an der Oberfläche. Im klaren Wasser erschien ihr Gesicht geisterhaft schön. Lange starrte Doc hinab. Der Anblick brannte sich tief in sein Gedächtnis.

Langsam zog er die Hand zurück. Wieder deckten die schwimmenden Ranken das Antlitz. Mit pochendem Herzen, die Kehle wie zugeschnürt, tastete Doc nach seinen Gerätschaften und stieg über die schlüpfrigen Steine zum Strand. Vor ihm her schwebte das Mädchengesicht.

Als er wieder trockenen Sand unter den Füßen hatte, setzte er sich und zog seine Wasserstiefel aus. In dem Krug die kleinen Achtfüßler sonderten sich voneinander ab, so weit sie nur konnten. Es sauste in Docs Ohren, es tönte und war wie Musik, wie der Ton einer hohen Flöte, und spielte eine Weise, die er noch nie gehört hatte. Sie stieg in Höhen empor, die für das menschliche Ohr nicht mehr vernehmbar sind, und er vernahm sie dennoch.

Gänsehaut lief Doc über Achseln und Arme. Er erbebte; die Augen wurden ihm feucht wie im Anschauen großer Schönheit. Grau und klar waren die Augen des Mädchens, und das dunkle Haar flutete. Er würde das Bild nie mehr vergessen.

Der erste Wogenschaum sprühte über die Klippen. Die Flut nahte. Doc saß und lauschte der Melodie, während das Wasser über die Kiesel herankroch. Seine Hand ging im Takt auf und ab, die unheimliche Flöte spielte in seinem Hirn. Grau und klar waren die Augen, der Mund schien über den blanken Zähnen zu lächeln oder den Atem verzückt anzuhalten.

Eine Stimme weckte Doc auf. Über ihm stand ein Mann. »Haben Sie gefischt?«

»Nein, nur gesammelt.«

»Was sind das für Dinger?« — »Baby-Octopi.« — »Sind das nicht Seeteufel? Ich hab' gar nicht gewußt, daß es die bei uns gibt, und bin doch aus La Jolla!« — »Man muß danach suchen«, antwortete Doc ausdruckslos.

»Sagen Sie, was ist mit Ihnen?« fragte der Mann, »Sie sehen so schlecht aus.«

Wieder klomm die Flöte in unbeschreibliche Höhen; in der Tiefe erklangen die Celli, die See kroch zum Strande hinan. Da schüttelte Doc die Musik ab und verscheuchte das Gesicht, verdrängte die Kälte aus seinem Körper. »Ist hier in der Nähe ein Polizeiposten?« fragte er.

»Ja, oben im Ort. Warum? Ist etwas passiert?«

»Draußen beim Riff ist eine Leiche.« — »Wo?« — »Gegenüber von uns, im Tang zwischen den Felsen.«

»Da können Sie eine Prämie beanspruchen«, versicherte der Ortsansässige, »für jeden Leichenfund gibt es bei uns eine Belohnung, ich weiß nicht genau wieviel.«

Doc stand auf, nahm seine Sachen. »Wollen Sie, bitte, die Meldung erstatten; ich fühle mich nicht recht wohl.«

»Hat Ihnen einen Schock versetzt, was? Sieht wüst aus? Ist sie schon angefressen?«

Doc wandte sich ab. »Lassen Sie sich die Prämie geben«, bat er, »ich will keine.« Er ging zum Wagen, den hohen Flötenton noch im Ohr.

XIX

Noch nie hatte eine Reklameveranstaltung des Kaufhauses Holman derart eingeschlagen wie dieser Eisläufer, der Tag für Tag, zwischen Himmel und Erde auf seiner kleinen runden Plattform schwebend, im Kreise fuhr. Bei Dunkelheit sah man seine dunkle Kontur gegen den Himmel, und jedermann wußte, er hielt oben aus, er kam nicht herunter. Dies war das Entscheidende. Daher hatte niemand etwas dagegen, daß bei Nacht durch die runde Eisfläche eine Stahlstange gesteckt wurde, an der er sich festband. Doch setzte oder legte er sich nie nieder. Die Leute kamen aus Jamesburg und von der ganzen Küste bis hinunter nach Grimes Point, eigens um ihn zu sehen. Aus Salinas strömte das Volk in Scharen, und das dortige Kaufhaus für Farmerbedarfsartikel bemühte sich bereits um das nächste Auftreten des Luft-Eisläufers, bei dem er seinen in Monterey zu erringenden Rekord abermals schlagen und damit den Weltrekord von Salinas aufstellen sollte! Denn es gab wenig Flaggenmastläufer, und von diesen war unser Mann weitaus der beste. Seit Jahren brach er immer nur seinen eigenen Rekord.

Mr. Holman war von dem Reklameergebnis mehr als befriedigt. In seinem Warenhaus gab es gleichzeitig Resteverkauf, Weiße Woche, Geschirrmarkt und Große Okkasion in Aluminiumwaren, und die Menschen stauten sich vor dem Kaufhaus und starrten zu dem einsam Schwebenden hinauf.

Am zweiten Tag seines Rekordlaufs rief er von seiner Höhe einen Protest in die Tiefe: es werde nach ihm geschossen, »mit einem Luftgewehr«, worauf das Reklamebüro sogleich alle Hebel in Bewegung setzte und mit gewohnter Findigkeit den Missetäter in Gestalt des alten Doktor Merrivale feststellte, der, hinter den Vorhängen seines Sprechzimmers verborgen, mit einer Daisy-Luftbüchse Bolzen abschoß. Man sah jedoch von einer Anzeige ab, denn der Doktor versprach sofortige Einstellung seiner Schießübungen und war zudem ein hervorragendes Mitglied der Freimaurerloge.

Henri, der Maler, wich nicht von seinem Stühlchen vor Red Williams' Tankstelle, brütete über sämtliche, der Situation auf der Plattform gemäßen Philosophien und entschloß sich endlich, bei sich zu Haus eine ähnliche Plattform zu errichten, um die Sache am eigenen Leib auszuprobieren. Doch wenn auch die ganze Stadt von dem Himmelsläufer besessen war und die Geschäfte, die nicht in Sichtweite seines Stangenrondells lagen, an schlechtem Geschäftsgang beinahe zugrunde gingen — Mack und die Jungens schritten nur einmal an der Dachsensation vorbei, warfen einen Blick hinauf, dachten: wozu? und kehrten wieder in ihr Palace zurück.

Holman stellte ein Doppelbett ins Schaufenster. Darin sollte der Rekordbrecher zum erstenmal nach vollbrachter Leistung schlafen, und zwar ohne die Schlittschuhe abzulegen. Die Herstellerfirma der Matratze war auf einem am Bettfuß befestigten Schildchen vermerkt.

Das Sportereignis war allgemeines Stadtgespräch. Doch ein Problem, das alle beschäftigte, wurde von niemand erwähnt. Mrs. Trolat brütete darüber, als sie mit einer Tüte Zuckerzwieback die Schottische Bäckerei verließ. Mrs. Hall aus dem Konfektionsgeschäft grübelte darüber nach. Die drei jungen Willoughby-Töchter platzten heraus, sobald sie nur daran dachten. Aber nicht eine fand den Mut, die Frage öffentlich aufzurollen.

Doch da war Richard Frost, ein unerschrockener Denker und strotzend von Kraft, dem setzte besagtes Problem heftiger zu als allen anderen. Am Dienstag bereits wurmte es ihn, und am Donnerstag machte es ihn derart verrückt, daß er am Freitag abend sich einen antrank und nachts mit seiner Frau Krach bekam. Sie heulte und tat dann, als schliefe sie, bemerkte jedoch sehr genau, wie er aus dem Bett und in die Küche glitt, wo er noch einen zu sich nahm, sich hierauf leise und rasch ankleidete und das Haus verließ. Da heulte sie wie ein Hofhund, denn es war schon sehr spät, und sie war überzeugt, daß Richard sich nun in die Flotte Flagge begeben werde.

Dieser jedoch ging festen Schrittes durch den Föhrenhain bis zur Leuchtturm-Avenue und dann linker Hand in Richtung Holman. In der Hosentasche trug er ein Fläschchen, aus welchem er, beim Kaufhaus angelangt, einen kräftigen Zug tat.

Die Stadt lag einsam und öde. Richard stand mitten auf der Straße und blickte empor zu der einsamen Eisläufergestalt, deren Konturen sich undeutlich von dem Nachthimmel abhoben. Geschwind nahm er noch einen Schluck, legte die hohle Hand an den Mund und rief mit belegter Stimme: »He!«

Keine Antwort. Er sah sich scheu um, ob niemand von der benachbarten Wache im Anzug sei, und rief nochmals und lauter: »He!«

»Was wollen Sie?« kam es verdrießlich von oben.

Da legte Richard die Hände, zum Schallrohr gewölbt, an den Mund und rief hinauf: »Wie gehen Sie denn aufs Häuschen?«

Und die Stimme antwortete ihm: »Ich habe ein Einmachglas.«

Da wandte sich Richard und wanderte seines Wegs zur Leuchtturm-Avenue, durch den Föhrenhain aufwärts und zurück in seine Behausung. Beim Auskleiden kam es ihm vor, als sei die Frau wach. Als er sich niederlegte, brummte sie etwas wie eine Frage und machte ihm Platz im Bett.

»Er hat ein Einmachglas oben«, antwortete Richard.

XX

Bei strahlender Morgensonne rollte der Modell-T-Kasten triumphierend durch die Cannery Row, hoppelte über den Rinnstein, durchschnitt kreischend das Unkraut auf dem Platz hinter Lee Chong und hielt an. Die Jungens blockten die Vorderräder auf, zapften den Rest Benzin aus dem Tank in eine Fünfgallonenbüchse, nahmen die Frösche und begaben sich müde und wohlgemut in ihr Palace. Während die anderen im großen Ofen ein kräftiges Feuer anfachten, stattete Mack in aller Förmlichkeit Lee Chong einen Besuch ab, dankte ihm feierlich für die gütige Überlassung des Wagens und berichtete von dem außerordentlichen Erfolg, der ihrer Expedition beschieden gewesen. Lee lächelte scheu. Er wartete auf etwas, das unausbleiblich war.

»Jetzt haben wir unser Schäfchen im trocknen«, äußerte Mack beglückt. »Doc zahlt pro Frosch einen Nickel und wir haben an die tausend!«

Lee nickte. Das mit dem Preis stimmte.

»Schad, daß er nicht da ist!« fuhr Mack fort. »Mein Gott, wird er sich freuen, wenn er die Unmenge Frösche sieht!«

Lee nickte nochmals. Daß Doc nicht in Monterey war, stimmte ebenfalls.

»Übrigens —«, entfuhr es Mack wie ein spontaner Einfall, »wir sind im Augenblick etwas knapp bei Kasse —«, es klang, als sei so etwas bei ihm noch nie vorgekommen. Aber Lee Chong lächelte voll Verständnis und antwortete: »Nix Whisky.«

»Whisky?« tat Mack empört: »Wozu Whisky? Wir haben eine Gallone vom allerbesten bis obenhin voll. So einen hast du im Leben noch nicht über die Lippen bekommen! Es wäre mir und den Jungens ein Vergnügen, wenn du uns mit deinem Besuche beehren würdest.« Lee grinste vor Freude. Whisky hatten sie also; sonst würden sie ihn nicht dazu einladen.

Mack ließ nicht locker. »Ich und die Jungens sind knapp bei Kasse und haben elenden Hunger. Du weißt, was Doc für den Frosch bezahlt. Die Frösche sind da, aber Doc nicht. Und wir haben, wie gesagt, Hunger. Ich schlage vor — keine Angst, du kommst nicht zu kurz! —, du bekommst von uns für einen Dollar fünfundzwanzig Frösche. Das ist ein großzügiges Angebot.«

»Nein. Kein Geld«, lehnte Lee ab.

»Geld?« begann Mack das Spiel von neuem, »wozu Geld? Wir wollen nur was zu essen. Die Sache ist nämlich die: wir wollen für Doc, wenn er zurückkommt, ein Fest veranstalten. Zu trinken haben wir reichlich, aber es fehlt an Steaks und so was. Er ist so ein reizender Mensch. Zum Donnerwetter, wie deine Frau so fürchterlich Zahnweh gehabt hat — wer hat ihr da Opium gegeben, hä?«

Nun saß Lee in der Falle, denn er war Doc in der Tat zu Dank verpflichtet. Er konnte nur nicht recht einsehen, wieso seine Dankesschuld gegenüber Doc ihn dazu zwingen sollte, Mack Kredit zu geben.

Mack setzte ihm weiter zu. »Du bekommst die Frösche nicht etwa als Pfand, Lee, sondern als Eigentum; das ist so gut wie Geld, besser! Für jeden Dollar Lebensmittel fünfundzwanzig Frösche bar auf den Tisch des Hauses, und zu dem Fest bist du natürlich eingeladen.«

Lee beschnupperte den Vorschlag wie die Maus einen Käseschrank. Die Sache schien unverdächtig. Bei Doc waren Frösche so gut wie bares Geld. Der Preis war ein Standardpreis. Er aber hatte bei dem Handel zweifachen Profit: an den Fröschen und am Verkauf der Lebensmittel. Es drehte sich nur darum, ob die Frösche vorhanden waren. »Ich will die Frösche sehen«, erklärte er und saß bald darauf vor dem Palace bei einem Glas von dem echten alten Getreidekorn und stimmte, nachdem er die nassen Froschsäcke in Augenschein genommen, dem Vertragsabschluß zu, bedang sich jedoch aus, daß tote Frösche nicht mitgezählt werden dürften.

Hierauf zählte Mack fünfzig blanke Frösche in eine Konservenbüchse, kehrte mit Lee in dessen Kramladen zurück und empfing dort Speck, Eier und Brot im Wert von zwei Dollars. Lee förderte eine große Kiste ans Tageslicht, stellte sie in eine Gemüseabteilung, setzte die fünfzig Frösche hinein und bedeckte das Ganze mit einem feuchten Jutesack, denn die Frösche sollten es gut bei ihm haben.

Lees Froschgeschäft blühte. Bald kam Eddie gesprungen und kaufte für zwei Frösche Fleischextrakt. Als aber Jones kurz darauf für einen Frosch Coca-Cola verlangte, war er ehrlich empört, daß der Preis für Coca-Cola mittlerweile auf zwei Frösche gestiegen war. Die Erbitterung wuchs, als im Verlauf des Tages die Preise bei Lee immer höher kletterten. Selbst für das feinste Beefsteak hätte er nicht mehr als zehn Frösche verlangen dürfen. Er aber forderte zwölfeinhalb Frösche. Eine Kilobüchse Pfirsiche kam bereits auf acht Frösche zu stehen, ein horrender Preis! Lee schröpfte die Kundschaft, denn er stand konkurrenzlos da. Weder bei Holman noch im Einheitspreisgeschäft würde man sich auf die neue Froschwährung einlassen, und wenn die Burschen unbedingt Beefsteak wollten, sollten sie zahlen, was er verlangte! Die Entrüstung der Clique erreichte den Höhepunkt, als Hazel, welcher seit langem ein Paar gelbseidene Armbänder begehrte, von Chong erfuhr, sie kosteten fünfunddreißig Frösche, und wenn er soviel nicht anlegen wolle, möge er ruhig woandershin gehen! Die Gier der Gewinnsucht vergiftete das zu Beginn so unschuldige und erfreuliche Handelsabkommen. In gleichem Maß, in dem sich in Lees

Kiste die Frösche häuften, wuchs die Erbitterung gegen ihn. Doch ging sie nicht allzu tief, denn Mack und die Jungens waren nicht merkantil veranlagt. Sie maßen ihr Vergnügen nicht nach dem Kostenpunkt, ihre Persönlichkeit nicht nach dem Saldo und ihre Liebe nicht nach dem Defizit. Während sie sich darüber ärgerten, daß Lee sie derart hochnahm, lagen für zwei Dollars Eier und Speck in ihrem Bauch, darüber ein guter Schluck Korn, darüber ein zweiter Imbiß und über diesem abermals Korn. Das war die Hauptsache. Sie saßen auf ihren eigenen Stühlen in ihrem eigenen Haus und sahen heiteren Sinns, wie Darling aus einer Sardinenbüchse Büchsenmilch trinken lernte. Darling schien bestimmt, der glücklichste Hund zu werden. Denn ihre fünf Herrchen hatten fünf verschiedene Theorien über Hundeerziehung, welche derart widersprachen, daß es ganz danach aussah, als werde Darling nie eine rechte Erziehung erhalten.

Sie war von Anfang an ein vorlautes, altkluges Ding und schlief grundsätzlich nur in dem Bett eines Herrchens, das sie zuvor mittels eines Leckerbissens bestochen hatte. War Darling bei Hazel, so lockte Hughie oder Mack sie von ihm weg. Jones wäre imstande gewesen, für Darling stehlen zu gehen. Gelegentlich kamen sie einmütig zu der Erkenntnis, so könne es auf keinen Fall weitergehen: Darling müsse folgen lernen. Die Erörterung über die beste Methode, ihr dies beizubringen, ging wieder ins Uferlose. Sie waren in Darling verliebt. Die kleinen Pfützen, die sie auf dem Fußboden hinterließ, fanden sie lustig und ödeten all ihre Bekannten mit Geschichten von Darlings Gescheitheit an. Sie hätten das Tier aus lauter Liebe totgefüttert, wenn nicht Darling in dieser Hinsicht vernünftiger gewesen wäre als alle fünf zusammengenommen.

Jones bereitete ihr ein Lager auf dem Boden der Großvateruhr, doch sie benutzte es nicht. Ganz nach Laune schlief sie bald bei dem, bald bei jenem. Sie zerkaute Decken, zerfetzte die Matratze, riß aus den Kissen die Federn heraus, kokettierte mit ihren Herrchen und spielte einen gegen den anderen aus. Das fanden sie großartig. Mack wollte ihr Kunststücke beibringen, daß sie damit im Varieté auftreten könne, aber er brachte sie nicht einmal stubenrein.

Am Nachmittag ruhten die fünf, rauchten, verdauten, sinnierten und nahmen von Zeit zu Zeit einen Schluck aus dem Krug. Doch bei jedem Schluck mahnte einer: »Nicht zuviel! Es ist ja für Doc bestimmt!« Das vergaßen sie nicht.

»Wann er wohl kommen mag?« wollte Eddie wissen.

»Meistens ist er gegen acht oder neun Uhr zurück«, meinte Mack, »wann soll denn das Fest steigen? Ich denke, heut abend.« Und alle waren damit einverstanden. Nur Hazel gab zu bedenken: »Wird er nicht müde sein von der langen Fahrt?«

»Herrgott im Himmel«, widersprach Jones, »nirgends erholt man sich besser als bei einem gelungenen Fest! Ich war einmal so hundemüde, daß ich kaum mehr hab' japsen können, und dann bin ich tanzen gegangen und war so fidel wie noch nie.«

»Jetzt müssen wir aber richtig nachdenken«, gebot Mack, »wo wollen wir's denn veranstalten — hier?« Aber dagegen wandten die anderen ein, Doc liebe die Musik und lasse bei Gesellschaften immer das Grammophon laufen; bei ihm daheim sei es ihm daher gewiß lieber. »Das kann er haben«, räumte Mack ein, »nur — wenn wir ihm keinen Whisky mitbringen, wo bleibt dann die Überraschung?«

»Wir müßten das Haus dekorieren!« schlug Hughie vor: »Wie am Vierten Juli oder Vorabend Allerheiligen.«

Macks Blick verklärte sich. »Hughie, du hast's getroffen! Das hätte ich dir weiß Gott nicht zugetraut. Du hast ein goldenes Ei gelegt.« Seine Stimme wurde sanft; sein Blick ging ahnungsvoll in die Zukunft. »Ich sehe schon alles vor mir ... Doc kommt nach Hause, todmüde, fährt vor. Alle Lichter brennen. Er denkt natürlich, jemand ist eingebrochen, eilt die Treppen hinauf und fällt vor Staunen glatt auf den Rücken. Das ganze Haus ist dekoriert—überall Kreppapier, Schleifchen, ein großer Kuchen . . . Jetzt weiß er, was los ist: ein Fest! Und was für eines! Nicht wie bei armen Leuten, nein! Wir halten uns versteckt, und dann stürzen wir aus den Ecken hervor und lassen ihn hochleben. Das Gesicht sollt ihr sehen! Hughie, wie bist du bloß auf die glänzende Idee gekommen!?«

Sein Lob machte Hughie erröten. Er habe nur an die Silvesterfeiern im La Ida gedacht, weiter nichts, aber wenn es so werde, wie Mack eben sagte, um so besser! »Ich denke es mir ganz nett so«, setzte er bescheiden hinzu.

»Großartig nett!« rief Mack. »Und verlasse dich darauf, Hughie: wenn die Überraschung glückt, dann sage ich Doc, von wem die Idee ist!« Zufrieden lehnte er sich zurück; und die anderen taten desgleichen und dekorierten im Geist das Laboratorium, bis es aufs Haar dem Festsaal im Hotel del Monte glich, und nahmen dazu gelegentlich einen Schluck aus dem Krug — zur Feier des Tages.

Lee Chong verfügte über einen phantastischen Vorrat an Waren. Andere Geschäfte nehmen im Oktober gelbes und schwarzes Kreppapier, schwarze Papierkatzen, Masken und Kürbisse aus Papiermaché auf Lager, machen damit bis Vorabend Allerheiligen ihr Geschäft, und danach verschwindet das Zeug spurlos. Vielleicht ist es ausverkauft, vielleicht weggeschmissen; im Juni jedenfalls ist es nirgends erhältlich. Und ebenso geht es mit den Ostereiern, den Fastnachtsmasken und Luftschlangen und den Artikeln zum 4. Juli: Fahnen, Flaggentuch und Raketen. Wo stecken die bloß im Januar? Weg — kein Mensch weiß wo. Nicht so bei Lee Chong. Da konnte man noch im November Osterhasen und die bunten Liebesbriefchen zum Valentinstag, dem 14. Februar, kaufen. Er hatte Feuerwerkskörper, die schon seit 1920 dalagen. Es war ein Rätsel, wo er in diesem Lädchen das alles aufbewahrte! Er hielt noch Badekostüme feil, die er zu einer Zeit hereingenommen hatte, als noch lange Röcke, schwarze Strümpfe und die großen buntgefleckten Badehauben in Mode waren. Er führte Hosenklammern für Radfahrer, Schiffchen für Nähmaschinen, Mah-Jongg- und Diabolospiele. Er hatte Plaketten, Wimpel mit längst verklungenen Inschriften und Türmchen aus falschen Brillanten: »Zur Erinnerung an die Weltausstellung von 1915«. Noch eine Verschrobenheit in Lee Chongs Geschäftsgebaren: Es gab bei ihm nie einen Ausverkauf, nie Resteverkauf oder zurückgesetzte Preise. Ein Gegenstand, der 1912 dreißig Cents gekostet hatte, kostete sie auch dann noch, wenn Motten und Mäuse seinen Wert bedenklich herabgemindert hatten. Dafür aber war in einem Falle, wo man ein Laboratorium so zeitlos auszuschmücken wünschte, daß es wie eine Kreuzung von Orgie und Boxmatch wirken mußte, Lee Chongs Bude das ideale Ausstattungshaus. Das wußten Mack und die Jungens zu schätzen, wobei allerdings Mack zu bedenken gab: »Wo sollen wir den großen Kuchen hernehmen? Lee Chong hat nur Keks.«

Hughie, von seinem Erfolg geschwellt, erwies sich abermals als der Einfallsreichste: »Eddie könnte den Kuchen backen. Er war doch einmal eine Art Koch im San Carlos?«

Die allgemeine Begeisterung, die seine Anregung hervorrief, hielt Eddie von dem Geständnis zurück, er habe noch nie einen Kuchen gebacken. Außerdem gab Mack dem noch eine sentimentale Note. »Es würde für Doc so viel mehr bedeuten, wenn du ihn bäckst«, sagte er mit Empfindung, »es läge etwas wie Seele drin, jedenfalls eher als in dem alten, vertrockneten Keksdreck.«

Je mehr Sonne und Whisky zur Neige gingen, um so höher stieg die Begeisterung, um so häufiger wurden die Gänge zu Chong — ein Jutesack war schon geleert und Chongs Froschkiste übervölkert. Gegen sechs war der Krug leer, und die Clique kaufte für fünfzehn Frösche Old Tennisschuh. Im Palace türmte sich das Dekorationsmaterial, und Meilen von Kreppapier erinnerten an die vergessensten Gedenktage dieses Jahrhunderts.

Eddie hütete den Ofen wie eine Gluckhenne ihre Brut, denn dort in der Waschschüssel befand sich sein Kuchenteig. Die Backpulverfabrik garantierte die Wirksamkeit ihres Rezepts.

Der Teig jedoch verhielt sich von Anfang an sonderbar. Kaum daß er fertig gerührt und geschlagen war, da schwappte und schlappte es darin wie von zappelnden, krabbelnden Kreaturen. Als er im Ofen stand, warf er alsbald eine Blase, groß wie ein Baseball; sie schimmerte wie eine Seifenblase, wuchs zum Fußball heran und platzte endlich gleich einem Luftballon. An ihrer Stelle klaffte ein Krater so unergründlich, daß Eddie einen frischen Klumpen Teig anfertigte und das Loch damit zustopfte. Nun aber wurde das Benehmen des Kuchens noch unverständlicher. Während er unten brannte und schwarze Rauchwolken ausstieß, hob und senkte er sich oben gleich einem schwer atmenden Busen, wobei einige kleinere Explosionen stattfanden. Als Eddie ihn endlich mit Lebensgefahr herauszog und abkühlen ließ, bot das Gebäck den Anblick eines frisch ausgebrochenen Vulkans.

Nein, dieses Backwerk war nicht geglückt. Denn während die Jungens das Laboratorium ausschmückten, schlang Darling den Kuchen nach Leibeskräften herunter, und ihr wurde davon speiübel. Winselnd rollte sie sich in dem noch warmen Teig zusammen und schlief endlich ein.

Mack und die Jungens hatten längst Kreppapier, Masken,

Besenstiele, Lampions, rote, weiße und blaue Fähnchen über den leeren Platz und die Straße zum Laboratorium geschleppt und die letzte Kompanie Frösche in einem Liter Old Tennisschuh und acht Liter Wein, den Liter zu vierzig Cents, angelegt. »Doc trinkt gern Wein«, hatte Mack erklärt, »ich glaube, noch lieber als Whisky.«

Doc schloß sein Labor nie ab, denn erstens sagte er sich: Wenn jemand im Ernst einbrechen will, bricht er sowieso ein; zweitens hielt er die Menschen im allgemeinen für ehrlich, und drittens schien sein Getier nicht stehlenswert. Ein praktischer Einbrecher würde die wirklich wertvollen Bücher, Platten, Instrumente und optischen Apparate nicht ansehen, es sei denn mit Verachtung. Diese Theorie besaß vielleicht in bezug auf Räuber, Gelegenheitsdiebe und Kleptomanen Gültigkeit, nicht jedoch in bezug auf seine guten Freunde, denn diese pflegten sich seine Bücher gern »auszuborgen«. Keine Büchse Bohnen überlebte je seine Abwesenheit, und einige Male war er, wenn er spät in der Nacht heimkehrte, in seinem Bett Gästen begegnet.

Die Jungens häuften gerade die Dekorationen im Vorzimmer auf, als Mack plötzlich dazwischentrat. »Was wird Doc am meisten Freude machen?« fragte er. »Das Fest«, antwortete Hazel. »Nein«, sagte Mack. »Die Dekoration«, behauptete Hughie, denn er fühlte sich für sie verantwortlich. »Nein«, erklärte Mack wiederum, »die Frösche! Die freuen ihn am meisten; aber bis er da ist, hat Lee Chong womöglich geschlossen, und er sieht sie erst morgen früh, und das wäre doch ewig schade. Nein!« rief er. »Die Frösche gehören hierher, mitten ins Zimmer und darüber eine Fahne mit der Inschrift: ›Willkommen daheim, Doc!‹«

Die Abordnung, die daraufhin Lee Chong besuchte, stieß dort auf entschiedenen Widerspruch; Lees mißtrauischem Gemüt dämmerten furchtbare Möglichkeiten. Erst als man ihm vorstellte, er werde persönlich anwesend sein, könne sein Eigentum, das niemand ihm streitig mache, ununterbrochen unter Augen behalten, und ihm Mack die Übereignung der Frösche schwarz auf weiß bescheinigt hatte, gab er allmählich nach. Die Clique trug die Froschkiste ins Laboratorium, legte rotes, weißes und blaues Fahnentuch über sie, malte die Inschrift mit etwas Jod auf einen Karton und fuhr sodann mit der Ausschmückung fort. Bald war der Whisky getrunken, und alle waren in festlicher Stimmung. Sie wanden das Kreppapier zu Girlanden, hingen dazwischen farbige Kürbisse und waren dabei so vergnügt, daß Leute, die zufällig auf der Straße vorüberkamen, sich zu ihnen gesellten, drüben bei Lee Chong Getränke holten und mitfeierten. Auch Lee Chong nahm eine Zeitlang an der Gesellschaft teil, aber sein Magen war nicht in Ordnung; er hielt es nicht lange aus und mußte nach Hause. Um elf Uhr wurden Steaks gebraten und gemeinsam verzehrt. Irgendwer geriet an die Platten, ein ganzes Count Basie-Album, und ließ sie laufen. Der Plattenspieler, der auf höchster Lautstärke stand, war von den Bootswerften bis La Ida zu hören. Besucher der Flotten Flagge hielten infolgedessen das Western Biological für eine Filiale Doras und stürmten mit Freudengeheul die Treppe hinauf. Nach längerem, blutigem Handgemenge wurden sie von dem schwer gekränkten Festkomitee besiegt, wobei die Eingangstür aus den Angeln und zwei Fenster in Scherben gingen. Das Zerbrechen der Trinkgefäße und Krüge klang unmelodisch. Als Hazel durch die Küche auf die Toilette wollte, stieß er gegen eine Bratpfanne mit heißem Fett, was sowohl an seinem Anzug wie auf dem Fußboden Brandflecken hinterließ.

Als ein Besoffener um halb zwei eintrat und sich unziemlich über Doc ausließ, versetzte ihm Mack jenen denkwürdigen

Kinnhaken, von dem Cannery Row heute noch spricht. Als der Mann sich wieder aufraffte, fiel er in einem kleinen Bogen, aber mit großem Getöse durch die dekorierte Kiste mitten ins Froschvolk. Als einer der Festteilnehmer die Platte auswechseln wollte, ging leider auch der Saphir kaputt.

Selten, daß jemand die Psychologie eines endenden Festes studiert! Da brodelt, tobt und loht es, dem Fieberanfall folgen Ermattung, Schweigen, und mit einemmal ist es aus. Die Gäste trollen sich heim ins Bett oder zu anderer Lustbarkeit — hinter sich lassen sie etwas Totes.

Die Lichter im Laboratorium flackerten; die Haustür hing nur noch in einer Angel; der Boden war mit Scherben bedeckt. Grammophonplatten, teils zerkratzt, teils zerbrochen, lagen herum. Teller mit Speiseresten und geronnenem Fett standen auf Bücherregalen, unter dem Bett oder sonst irgendwo auf dem Fußboden. Whiskygläser lagen trübselig in den Sesseln. Ein Gast, der ein Büchergestell als Leiter benutzen wollte, hatte bei diesem Versuch einen Haufen Bücher heruntergerissen; sie lagen nun auseinandergebrochen am Boden. Das Fest war vorüber. Das Haus war leer.

Durch die zersplitterte Kistenwand hüpfte ein Frosch. Eine Weile saß er still da und prüfte, ob die Luft rein sei. Ein zweiter Frosch folgte ihm.

Sie spürten den leisen Zugwind, der durch die offene Haustür und die zerbrochenen Scheiben drang. Der zweite Frosch saß auf dem Karton mit der Inschrift »Willkommen daheim, Doc!«. Behutsam hopsten beide zur Tür hinaus.

Ein kleiner Strom springender, hüpfender Frösche ergoß sich in Wirbeln die Treppe hinab und bevölkerte die Cannery Row. Ein Taxi, das einen späten Kunden zur Flotten Flagge fuhr, zerquetschte fünf Frösche. Doch ehe der Tag herannahte, waren alle verschwunden. Etliche fanden den Weg zum Abzugskanal, andere kämpften sich bergan zum Wasserreservoir, wieder andere suchten den Schutz der städtischen Kanalisation, und nur wenige versteckten sich im Unkraut auf dem leeren Platz.

In dem stillen Labor flammten die Lichter.

XXI

In dem Raum hinter dem Arbeitszimmer huschten die weißen Ratten unstet in ihren Gelassen. Sie schrien wie kleine Kinder. In einem der Käfige abgesondert lag eine Rattenmutter über ihrem Wurf. Böse und unruhig sah sie umher. Die Neugeborenen — nackt und blind — saugten an ihren Zitzen.

Im Käfig der Klapperschlangen ruhte das Gewürm zusammengeringelt mit dem Kinn auf den eigenen Windungen; die düster verschleierten Augen starrten geradeaus. Eine riesige Gila-Echse in einem anderen Käfig mit einer Haut wie aus Perlen hob langsam den Kopf und krallte sich am Gitter fest. In den Aquarien schloß sich eine Anemone auf; im Innern blaßgrün, die Fühlfäden grün und rot. Leise wirbelte und schwirrte die kleine Seewasserpumpe das Wasser in die Behälter. Luftkügelchen perlten.

Die Stunde der Perlen.

Lee Chong stellte den Abfallkübel vors Haus. Der Nachtwächter auf der Veranda der Flotten Flagge kratzte sich den Bauch. Sam Malloy kroch aus seinem Wohnkessel, setzte sich auf einen Holzklotz und blickte gen Osten ins nahende Licht. Von den Felsen hinter der Hopkins-Marine-Station drang das eintönige Gebell der Seelöwen. Der alte Chinese klapperte mit triefendem Korb vom Meer landeinwärts. Ein Wagen bog in die Straße der Ölsardinen. Langsam fuhr Doc auf sein Haus zu. Er ist abgespannt, seine Augen sind rot. Er hält und sitzt einen Augenblick unbewegt, bis das Gerüttel der Fahrt ihm aus den Gehirnwindungen geht.

Er steigt aus, blickt verdutzt auf die baumelnde Haustür, die zerbrochenen Scheiben. Als sein Schritt auf der Treppe vernehmbar wird, züngeln die Klapperschlangen. Es ist, als lauschten sie mit den gespaltenen Zungen. Die Ratten rütteln besessen an ihren Gittern.

Doc eilt die Treppe empor. Die Müdigkeit scheint verflogen. Rasch tritt er ins Arbeitszimmer, läuft durch Trümmer und Scherben von einem zum anderen Raum. Einmal bückt er sich nach einer zerschmetterten Platte und liest den Titel.

In der Küche ist das verschüttete Fett weiß geworden. Docs Augen sind rot vor Wut. Er sitzt auf der Couch, den Kopf geduckt. Er bebt vor Empörung, springt plötzlich auf, schaltet den Plattenspieler ein, legt eine Platte auf, senkt die Nadel. Doch nur ein pfeifendes Krächzen dringt an sein Ohr. Er biegt den Hebelarm wieder zurück, stellt ab und sinkt auf die Couch.

Auf der Stiege schwere, unsichere Schritte. Mit hochrotem Kopf tritt Mack ein, steht da in Unsicherheit. »Doc«, druckst er hervor, »ich und die Jungens —«

Erst war es, als sähe ihn Doc überhaupt nicht. Dann aber sprang er so wild auf, daß Mack zurückprallte: »Habt ihr das getan?«

»Nja, ich und die Jungens —« Schon hatte Docs kleine und harte Faust ausgeholt und knallte Mack ins Gesicht. Seine Augen loderten in tierischer Wut. Mack landete auf dem Fußboden. Seine Lippen waren aufgerissen, ein Vorderzahn scharf nach innen gedrückt. »Steh auf!« herrschte Doc ihn an. Mack stand auf und ließ die Arme schlaff an den Seiten herunterhängen. Ein zweiter Schlag, ein kalt berechneter Strafstoß zwischen die Zähne, und von Macks Lippen rieselte das Blut. »Wehr dich, du Hundsfott!« schrie Doc ihn an und traf ihn abermals, daß die Zähne krachten und der Kopf zu wackeln begann. Aber Mack wehrte sich nicht. »Weiter, Doc ...«, kam es aus seinem verquollenen Mund, »recht so ...«

Doc konnte nicht mehr. »Du Hund ...«, keuchte er, »drekkiger Lumpenhund du ...« Er saß auf der Couch und starrte auf seine zerrissenen Knöchel.

Mack hockte auf einem Schemel und sah mit großen, schmerzlichen Augen auf Doc. Das Blut aus dem Mund ließ er laufen. Und in Doc klang ein Tönen auf. Langsam begann eine Introduktion Monteverdis und wurde zur grenzenlos einsamen, traurigen Klage Petrarcas um Laura: *Hor ch' el ciel e la terra ...* Und durch die entsagenden Klänge, die da im Raum zu schweben schienen, sah Doc den zerbrochenen, blutigen, Mund.

Mack saß sehr still. Es war, als höre er die Musik.

Docs Augen gingen zu dem Gestell, in dem das Monteverdi-Album stand. Dann fiel ihm ein, daß der Tonabnehmer zerbrochen war. Er stand auf. »Geh, wasch dich!« sagte er, ging hinaus und über die Straße in den Kramladen. Lee Chong wagte ihm nicht in die Augen zu sehen. Er holte zwei Flaschen Bier aus dem Eisschrank, nahm das Geld und sagte kein Wort. Doc ging wieder über die Straße.

Auf der Toilette säuberte sich Mack das Gesicht mit Klosettpapier, und in der Küche öffnete Doc eine Flasche, schenkte vorsichtig ein, wobei er das Glas schräg hielt, damit es weniger Schaum gab, füllte ein zweites Schoppenglas und trug beide ins Vorderzimmer. Als Mack, den Mund mit einem nassen Lappen betupfend, zurückkam, wies Doc mit dem Kopf nach dem Bier. Mack öffnete seine Kehle und goß den halben

Schoppen ohne zu schlucken hinunter, seufzte tief und starrte ins Glas.

Doc goß wieder ein, setzte sich auf die Couch, fragte: »Was ist geschehen?«

Mack sah zu Boden. Ein Tropfen Blut fiel aus seinem Mundwinkel ins Bier. Er öffnete die zerrissenen Lippen: »Ich und die Jungens, wir haben dir ein Fest geben wollen, wir haben gedacht, du bist so um neun Uhr zurück...« Doc verstand. »Es ist uns aus der Hand gerutscht, das Ganze... Soll ich jetzt sagen, es tut mir leid? Es wird mir leid tun, solange ich lebe; es ist immer das gleiche, das kenn' ich längst.« Er tat einen tiefen Zug. »Ich war einmal verheiratet — genau dieselbe Geschichte! Was ich so angepackt habe, wurde zu einer Katastrophe; das hat die Frau einfach nicht ausgehalten. Immer, wenn ich was Nettes getan habe, gab's eine Sauerei, das schönste Geschenk, war alles immer verpfuscht, alles wie Gift, hat ihr bloß weh getan, sie hat es einfach nicht ausgehalten. So ist es mir überall gegangen, bis ich zum Clown wurde, und seitdem mache ich nur noch den Clown. Mich freut's bloß, wenn die Jungens lachen.«

Doc nickte, und wieder ertönte in seinem Kopf die Musik, Entsagung und Klage in einem. Er wußte alles, was da geschehen war, und verstand.

»Ich bin froh, daß du mir eine versetzt hast«, fuhr Mack fort. »Ich habe mir selber gesagt: Mack, das soll dir nun eine Lehre sein; da wirst du dran denken — aber, verflucht noch eins, ich werde an nichts denken, es wird mir keine Lehre sein, Doc«, schrie er. »Ich sah es halt anders, ich sah, wir waren vergnügt, wir waren glücklich — alle sollten zusammen froh sein und glücklich, du vor allem, Doc, ein Fest macht dir doch eine wahnsinnige Freude! Wir waren auch glücklich. Das Fest war großartig — für mein Empfinden.« Er schlenkerte die

Hand nach den Trümmern am Boden. »Genauso ist es damals mit meiner Ehe gegangen, alles in Brüche ... und wird nie wieder gut.«

Doc schenkte die Gläser voll. »Ja, ich kenne das ...«

»Doc«, versprach Mack, »ich und die Jungens werden hier sauber machen. Den Schaden werden wir dir ersetzen, und wenn wir dafür fünf Jahre lang arbeiten müßten.«

Doc schüttelte den Kopf und wischte den Bierschaum aus seinem Bart. »Ich räume selbst auf. Ich weiß besser, wo alles hingehört.«

»Es wird bezahlt, Doc!«

»Es wird nicht, Mack. Du wirst dran denken, du wirst drunter leiden, aber du wirst nicht bezahlen. Es macht allein an zerbrochenen Museumsgläsern dreihundert Dollars.« — »Ich komme dafür auf.« — »Das sagst du so, Mack, aber du kannst es nicht. Es würde dich zwei, drei Jahre belasten, bis du es vergißt; dann wäre dir wieder leicht. Aber abgezahlt wäre deswegen kein Cent.«

»Kann sein, du hast recht. Gottverdammich, natürlich hast du recht!« schrie Mack. »Also sag, was können wir tun?«

»Ist schon erledigt mit den paar Zahnlücken ... fertig, Schwamm drüber!«

»Also einstweilen!« Mack trank sein Bier aus, stand auf.

»Adieu, Mack!« sagte Doc. »Übrigens, was ist denn aus deiner Frau geworden?«

»Keine Ahnung. Sie ist fort.«

Schwerfällig stieg Mack die Treppe hinunter, ging über die Straße, den leeren Platz, den Hühnersteig hinauf und zum Palace. Doc verfolgte vom Fenster aus seinen Weg. Danach holte er hinter dem Boiler einen Besen hervor und begann, müde wie er war, sauber zu machen. Er brauchte dazu den ganzen Tag.

XXII

Henri der Maler war kein Franzose und hieß auch nicht
Henri. Er war auch kein richtiger Maler. Aber er hatte sich
so in die vielen Geschichten vom linken Seineufer vertieft, daß
er darin lebte, obwohl er nie dort war. Fieberhaft verfolgte
er in den Kunstzeitschriften die dadaistische und andere Be-
wegungen, Sezessionen, Offenbarungen, Mystizismen, femi-
ninen Eifersüchteleien und obskuren Kämpfe neu aufkom-
mender und zerfallender Schulen. Er revoltierte pünktlich
gegen überholte Malmittel und Techniken. Eine Saison lang
verwarf er die Perspektive, in der nächsten verpönte er die
Verwendung von Rot als Mutter des Purpurs, und schließlich
hängte er die ganze Malerei an den Nagel. Es war nie festzustellen, ob er etwas gekonnt hatte, denn er warf sich immer
mit solcher Heftigkeit in jede neue Bewegung, daß er darüber
kaum zum Malen kam. Auf Grund seiner Produktion in verschieden gefärbten Hühnerfedern und Nußschalen konnte
man sich kein Urteil über seine Begabung bilden.

Hingegen als Bootsbauer leistete er Hervorragendes. Jahre-
lang hatte er in einem Zelt gelebt und an dem Boot gearbeitet.
Erst als Kajüte und Kombüse vollkommen fertig und trocken
waren, zog er ein und wohnte fortan in dem Fahrzeug.

Es war mehr gebildhauert und geschnitzt als gebaut, zehn
Meter lang; seine Formen, Linien und Eigenschaften waren in
ständiger Wandlung begriffen. Der Bug war einmal wie der
eines Schnellseglers und das Heck wie das eines Zerstörers. Da
Henri mittellos war, brauchte es manchmal Monate, bis er die
richtige Planke, ein Dutzend Messingschrauben oder einen
bestimmten Eisenteil auftrieb. Aber das wollte er. Denn er
wollte sein Boot nie fertigbauen.

Es lag unter den Föhren einer Parzelle, für die er im Jahr

fünf Dollars Pacht zahlte, einschließlich Steuern. Das Boot ruhte in einer Wiege auf einem zementierten Unterbau. An der Seite hing, solange Henri sich nicht an Bord befand, eine Strickleiter herunter. War er zu Hause, so zog er sie ein und ließ sie nur, wenn Freunde kamen, herab. In der Kajüte lief eine gut gepolsterte Bank die eine Längswand und die zwei Seitenwände entlang. Hier schlief er, hier saßen die Gäste. Ein Klapptisch und eine messingne Hängelampe ergänzten die Ausstattung, die ein Wunder an Einfachheit darstellte. Jede Einzelheit war das Ergebnis monatelangen Nachdenkens und Bastelns.

Henri war dunkel und grämlich von Angesicht. Lange bevor andere Menschen darauf verfielen, trug er ein Barett, rauchte eine Maiskolbenpfeife und ließ sich eine Haarsträhne ins Gesicht fallen. Seine vielen Freunde teilte er ein in solche, die er, und in solche, die ihn ernährten. Sein Boot hatte keinen Namen. Den werde er ihm geben, sobald es fertig sei, erklärte er. Zehn Jahre lebte er nun schon darin und baute daran weiter. In dieser Zeit war er zweimal verheiratet gewesen und hatte außerdem mehrere lose Liaisons gehabt. Und alle diese jungen Dinger hatten ihn aus dem nämlichen Grund verlassen. Die Kabine — drei Meter zwanzig lang — war für zwei Personen zu klein, und es behagte ihnen nicht, wenn sie beim Aufstehen mit dem Kopf gegen die Decke stießen. Am empfindlichsten traf sie jedoch der Mangel einer Toilette. In einem Boot im Dock läßt sich diese Bequemlichkeit nicht wie bei einem Schiff auf See anbringen und benutzen; und gegen nachgeahmte Landratten-Commodités setzte sich Henri zur Wehr. Wenn Not am Mann — oder der Frau — war, mußten sich seine Liebsten, so wie er selbst, ein wenig abseits unter die Föhren begeben. Da verschwanden sie mit der Zeit lieber ganz und für immer.

Nachdem ein Mädchen, das er Alice nannte, ihn auf diese Weise verlassen hatte, geschah Henri etwas sehr Merkwürdiges. Jedesmal, wenn ihn eine verließ, trauerte er ihr eine Zeit lang nach, fühlte sich aber zugleich erleichtert, denn er durfte sich nun in seinem Kabinlein behaglich ausstrecken, konnte essen, was ihm behagte, und war endlich wieder einmal befreit von den endlosen biologischen Funktionen des Weibes.

Es war ihm zur Gewohnheit geworden, sich jedesmal, wenn ihm eine Liebste entlaufen war, eine Gallone Wein zu besorgen und ausgestreckt auf der langen Bank einen anzutrinken. Mitunter heulte er dabei etwas vor sich hin, aber der Wein, an den er sich hielt, war gut und tröstete ihn auf das angenehmste. Er las sich dann selber Verse von Rimbaud vor, laut und mit unmöglicher Aussprache, und bewunderte sich, wie fließend die Sprache dahinglitt.

Während einer solchen einsamen Abschiedsfeier für die entschwundene Alice trug sich folgendes seltsame Vorkommnis zu: Es war Nacht. Die Lampe war angezündet. Er hatte eben mit Trinken begonnen, als er mit einmal das Gefühl hatte, er sei nicht allein. Vorsichtig hob er die Augen und sah drüben im Winkel seiner Kajüte einen unheimlichen Jüngling, jung, dunkel und schön, mit blitzenden Zähnen und glutvollen, geistvollen Augen. Etwas unendlich Anziehendes und zugleich Beängstigendes wohnte in diesen Zügen. Zur Seite des Jünglings aber saß ein kleines goldhaariges Bübchen. Der Jüngling sah zu dem Kleinen hinab, und dieses sah zu ihm empor und lachte entzückt, als erwarte es etwas ganz Wunderbares. Der Jüngling lächelte Henri an, richtete wieder den Blick auf das Kindlein, entnahm der oberen linken Westentasche ein altmodisches, scharfgeschliffenes Rasiermesser, klappte es auf, ließ die Klinge vor dem Halse des Kleinen aufblitzen und faßte ihm mit der Hand in die Locken, und das Kleine lachte dazu in seliger Lust. Da bog ihm der Jüngling das Kinn zurück und durchschnitt ihm die Kehle, und das Kind lachte und lachte . . .

Henri schrie auf vor Entsetzen und Angst. Es dauerte längere Zeit, bis er sich vergewisserte, daß der Mann und das Kind sich nicht in der Kajüte befanden. Dann stürzte er hinauf auf Deck, sprang über Bord und eilte durch den Föhrenhain weiter und weiter, lief stundenlang ziellos umher und gelangte schließlich zur Cannery Row.

Doc war im Erdgeschoß mit seinen Katzen beschäftigt, als Henri hereinbrach. Während ihm dieser in fliegender Hast von dem Geschehnis berichtete, arbeitete Doc ruhig weiter. Erst als die Erzählung zu Ende war, hob er den Blick, um zu sehen, wieviel wirkliche Furcht und wieviel Theater in Henris Augen zu finden waren. Aber da war fast nur Furcht.

»Glaubst du, es war ein Geist?« fragte Henri. »Oder ein Hirngespinst? Oder etwas, das irgendwo stattfand? Ein Freudscher Angsttraum, der aus mir hervorstieg? Oder bin ich komplett verrückt? Ich sah alles genau, wie ich es dir erzählt habe; der Mörder saß mir gegenüber, ich hab' ihn so deutlich gesehen, wie ich dich vor mir sehe!«

»Ich weiß nicht . . .«, machte Doc gedehnt.

»Dann komm bitte mit und paß auf, ob es wiederkommt!«

»Wenn ich es sähe«, lehnte Doc ab, »wäre es ein Gespenst, und das wäre mir sehr unangenehm, denn ich glaube nicht an Gespenster. Und wenn du es sehen würdest und ich nicht, wäre es eine Halluzination, und das wäre nun wieder für dich unangenehm.« — »Aber was soll ich tun?« rief Henri, »wenn es noch einmal kommt — ich weiß nicht, was dann geschieht, ich glaube, ich bin auf der Stelle tot. Weißt du, er sah keineswegs wie ein Mörder aus, sondern gütig, und das Kind war so lieb;

es war nichts Böses an ihnen. Und doch schnitt er ihm die Kehle durch, ich hab's gesehen!«

»Ich weiß nicht . ..«, kam es wieder von Doc. »Ich bin weder Psychiater noch Hexenverfolger und wünsche keines von beiden zu werden.«

»Heh! Doc!« drang von draußen die Stimme eines jungen Mädchens durchs Fenster, »darf ich hinein?« — »Komm nur!« lud Doc sie ein. Es war eine hübsche, flotte junge Dame. Doc stellte ihr Henri vor und setzte hinzu: »Ein schwieriger Fall! Er hat entweder ein Gespenst gesehen oder hat ein sehr schlechtes Gewissen — er weiß es selber nicht. Erzähl es ihr, Henri!«

Und Henri erzählte, und die Augen der jungen Dame funkelten. »Das ist ja entsetzlich!« rief sie aus, als er zu Ende war. »Ich habe, solange ich lebe, noch nie nur die leiseste Spur von einem Gespenst gesehen. Kommen Sie mit; wir wollen sehen, ob es zurückkommt!«

Doc sah die beiden ungern von dann ziehen; denn er hatte sich auf das Mädchen gefreut.

Dieses jedoch bekam nie das Gespenst zu Gesicht. Aber da ihr Henri gefiel, blieb sie fünf Monate mit ihm zusammen, bis das beengte Kajütenleben und der Mangel eines WC sie wieder von dort vertrieb.

XXIII

Schwarzer Trübsinn lastete auf dem Palace Hotel. Alle Freude war dahin. Mit zerrissenem Mund und eingeschlagenen Zähnen kehrte Mack vom Laboratorium zurück und wusch sich in einer Art Selbstkasteiung das Gesicht eine Zeitlang nicht. Er kroch ins Bett, zog die Decke über den Kopf und blieb so den ganzen Tag liegen. Sein Herz war zerrissen wie sein Mund. Er überdachte alles, was er in seinem Leben getan hatte, und siehe: alles war schlecht gewesen! Er war tief traurig.

Hughie und Jones saßen eine Zeitlang trübsinnig herum, gingen dann in die Hediondo-Konservenfabrik, fragten nach Arbeit und bekamen welche.

Hazel war so scheußlich zumute, daß er hinauf nach Monterey rannte, mit einem Soldaten Streit anfing und dabei mit Absicht den kürzeren zog. Danach fühlte er sich einigermaßen erleichtert. Er war von einem Menschen verdroschen worden, den er mit Leichtigkeit hätte kaputtschlagen können.

Das einzige glückliche Wesen der ganzen Clique war Darling. Sie vertrieb sich die Zeit unter Macks Bett, indem sie dessen Schuhe anknabberte. Sie war ein munteres Hündchen mit scharfen Zähnen. Zweimal langte Mack in düsterer Verzweiflung unter die Bettstatt und holte sie sich zur Gesellschaft herauf. Darling jedoch entschlüpfte jedesmal, kehrte wieder zu den Schuhen zurück und fraß sie auf.

Eddie schlenderte ins La Ida, wo er mit seinem Freund, dem Barmann, eine Unterredung hatte, aus der für ihn einige Drinks und etliche Nickel heraussprangen, mit denen er den Musikautomaten fünfmal hintereinander *Melancholy Baby* spielen ließ.

Eine schwere Wolke drückte auf Mack und seine Gefährten. Sie fühlten es und wußten, sie hatten ihr Schicksal verdient. Sie waren wieder zu Ausgestoßenen geworden. Alle ihre guten Vorsätze schienen vergessen; kein Mensch erwähnte, daß sie das Fest zu Ehren Docs hatten veranstalten wollen, und niemand fand für sie ein Wort der Entschuldigung. Abscheulich entstellt lief die Geschichte durch die Flotte Flagge und die Konservenfabriken. Die Betrunkenen im La Ida tratschten,

Lee Chong erklärte, er sei finanziell geschädigt, und schließlich hieß es, sie hätten Getränke und Geld gestohlen, seien arglistig ins Laboratorium eingebrochen und hätten es aus purer Bosheit zerstört. Selbst Leute, die es bestimmt besser wußten, vertraten die gleiche Ansicht. Eine Schar Betrunkener aus dem La Ida überlegte, vors Palace zu ziehen und die ganze Bande zum Teufel zu jagen, um ihnen zu beweisen, daß sie eine solche Schandtat an Doc nicht begehen dürften. Nur ein Gefühl von der Solidarität und kämpferischen Überlegenheit Macks und der Jungens rettete sie vor empfindlichen Gegenmaßnahmen. Es gab sehr viele, die sich in dieser Angelegenheit als die Tugendhaften aufspielten und dabei den letzten Rest Tugend seit langem verloren hatten. Am wildesten tat ein gewisser Tom Sheligan, der bei dem Fest mit Wonne mitgemacht hätte. Er hatte bloß nichts davon gewußt.

Mack und Genossen waren von der Gesellschaft ausgestoßen. Selbst Sam Malloy redete nicht mehr mit ihnen, wenn sie an seinem Wohnkessel vorüberkamen. Da zogen sie sich in sich selbst zurück. Kein Mensch vermochte vorauszusagen, wie sie aus dieser Wolke herauskommen würden. Denn gegen gesellschaftlichen Ausschluß gibt es zwei Arten von Gegenwirkung: entweder geht der Mensch gereinigt und gütiger daraus hervor, oder er wird schlecht fordert die Welt heraus und verübt künftig noch schlimmere Taten; letzteres ist die häufigste Folge gesellschaftlicher Brandmarkung.

Mack und Genossen wandelten auf dem schmalen Grat zwischen Böse und Gut. Sie waren lieb und freundlich zu Darling und miteinander verträglich und nachsichtig. Nachdem der erste Schock überstanden war, unterzogen sie das Palace einer Säuberung, wie sie diesem noch nie widerfahren war. Sie rieben die Metallteile des Ofens blank. Sie wuschen all ihre Kleider und Decken. Finanziell standen sie ja nicht schlecht.

Hughie und Jones hatten Arbeit und brachten ihre Löhnung nach Hause. Die Lebensmittel kauften sie in der Oberstadt und auf dem Wochenmarkt. Lee Chongs vorwurfsvoller Blick war ihnen unerträglich.

Zu jener Zeit machte Doc eine sehr zutreffende Beobachtung, obwohl er dabei einen Punkt übersah.

Es war am 4. Juli. Doc saß mit Richard Frost im Labor. Sie tranken Bier, hörten ein neues Plattenalbum von Scarlatti und sahen zum Fenster hinaus. Auf einem dicken Balken vorm Palace saß Mack mit seinen Gefährten in der hellsten Vormittagssonne, und alle blickten zum Laboratorium herüber. »Das sind«, meinte Doc, »in Wahrheit unsere größten Philosophen. Ihnen ist alles bewußt, was je in der Welt geschah, und womöglich auch alles, was noch geschehen wird. Ich glaube, sie überleben die Mißhelligkeiten des Daseins besser als andere. In einer Zeit, da sich die Menschen aus Ehrgeiz, Nervosität, Habsucht blutig in Fetzen reißen, sind sie gelockert, entspannt. All unsere sogenannten Erfolgreichen sind Leidende, Kranke mit verdorbenen Mägen, verdorbenen Seelen. Aber Mack und die Jungens sind gesund und innerlich merkwürdig sauber. Sie tun, was sie wollen. Sie stillen ihre Appetite, ohne sich etwas vorzumachen.« Er leerte sein Glas mit Genuß, der lange Satz hatte ihm die Kehle ausgetrocknet. »A-ah!« Er schnickte mit den Fingern. »Es geht doch nichts über so einen ersten Schluck!«

»Ich sehe an ihnen durchaus nichts Besonderes«, nörgelte Richard, »sie haben kein Geld, genau wie alle.«

»Sie könnten Geld scheffeln, wenn sie dafür ihr Leben zerstören wollten. Mack ist ein Genie. Wenn sie etwas wollen, sind die fünf von äußerster Klugheit. Aber sie haben einen zu genauen Einblick in die Natur der Dinge, um sich für irgendwelche Bestrebungen einfangen zu lassen.«

Hätte Doc um die Traurigkeit der Palace-Bewohner gewußt, er hätte vielleicht anders geredet, aber kein Mensch hatte ihm von dem gesellschaftlichen Boykott erzählt, der über Mack und Genossen verhängt war. Langsam füllte er wieder sein Glas. »Ich werde es dir beweisen. In einer halben Stunde passiert die Vierte-Juli-Parade die Leuchtturm-Avenue. Die fünf dort brauchen nur die Köpfe zu drehen, um sie zu sehen. Wenn sie aufstehen, können sie den Zug genau verfolgen, und wenn sie zwei Straßen weitergehen, zieht er ihnen an der Nase vorbei. Du siehst, jetzt sehen sie hierher. Ich wette mit dir zwei Liter Bier: sie werden nicht einmal die Köpfe hinüberwenden.«

»Und wenn, was beweist das?« — »Was es beweist?« rief Doc: »Daß sie den ganzen Aufzug in- und auswendig kennen. Sie wissen, erst kommt der Wagen des Bürgermeisters, mit flatternden Bändern geschmückt, dahinter auf einem Schimmel der lange Bob mit dem Banner, hinter diesem der Stadtrat, dann zwei Kompanien der Garnison, die ›Elche‹ mit ihren roten Schirmen, die ›Tempelritter‹ mit weißen Straußenfedern und Schwertern, die ›Columbusritter‹ mit roten Straußenfedern und Schwertern, und die Kapelle spielt auf — kennen sie alles, die Jungens, da brauchen sie gar nicht erst hinzusehen.«

»Den Menschen möchte ich sehen, der bei so einem Vorbeimarsch nicht hinguckt!«

»Also — wetten wir?«

»Gemacht!« rief Richard Frost.

»Mir war von jeher verwunderlich«, sagte Doc: »Alles, was wir am Menschen bewundern, Edelmut, Güte, Aufrichtigkeit, Ehrlichkeit, Anstand, Mitgefühl, Herz, führt in unserem Gesellschaftssystem nur zu Fehlschlägen. Während alle Eigenschaften, die wir angeblich verachten, Härte, Raffsucht, Selbstsucht und Charakterlosigkeit, zum Erfolg beitragen. Jenen guten Eigenschaften gilt die Bewunderung der Menschen, doch was sie mit Vorliebe produzieren, sind diese grundschlechten.«

»Wenn einer Hunger hat, vergeht ihm die Lust, gut zu sein«, sprach Richard Frost, und Doc widersprach: »Es handelt sich hier nicht um Hunger, mein guter Junge. Der Verkauf der Seelen, ›um die ganze Welt zu gewinnen‹, erfolgt heutzutage ohne äußeren Druck und einmütig — aber gottlob nicht ganz. Etwas wie Mack und die Jungens lebt überall in der ganzen Welt. Ich habe sie auf den Aleuten erlebt und bei einem Eiskremeverkäufer in Mexiko. Die Geschichte von dem Fest, das sie mir geben wollten, kennst du. Es ging schief, gewiß. Aber denke nur: sie haben mir ein Fest geben wollen, und das kam ihnen aus innerstem Herzen. — Horch! Die Kapelle! Sie kommen.« Er füllte hurtig die Gläser, und sie traten zum Fenster.

Niedergeschlagen saßen Mack und die Jungens auf ihrem Balkon und sahen zum Laboratorium hinüber. Von der Leuchtturm-Avenue tönten die Klänge der Stadtmusik; ihr Widerhall scholl von den Häusermauern zurück. Schon kam der Wagen des Bürgermeisters, mit flatternden Bändern geschmückt, um die Ecke, der Bannerherold auf einem Schimmel und die Kapelle hinter ihm drein, gefolgt von den Soldaten, den Elchen, den Tempel- und Columbusrittern. Dick und Doc beugten sich weit zum Fenster hinaus und wandten kaum einen Blick von den fünf Burschen auf ihrem Balkon.

Und nicht einer von den fünf wandte sich um. Keiner reckte den Hals. Der Zug zog vorüber. Sie rührten sich nicht.

Doc leerte sein Glas, schnickte mit Daumen und Zeigefinger und rief: »Es geht doch nichts über den ersten Schluck Bier!« Richard war schon bei der Tür. »Welche Sorte trinkst du am liebsten?«

»Keine lieber als die«, gab Doc an, und sein Blick ruhte lächelnd auf Mack und den Jungens.

Es sagt sich so leicht: »Die Zeit heilt alles ... Auch dies wird vorübergehen ... Der Mensch vergißt!«, wenn es dich selber im Grunde nicht angeht. Steckst du jedoch mitten drin, so fällt es der Zeit gar nicht ein, etwas zu heilen oder vorübergehen zu lassen, und die Menschen vergessen nichts und lassen dich nichts vergessen. Du steckst mitten in etwas drin, das sich nicht ändern will. Doc wußte nichts von dem Kummer, nichts von der nagenden Selbstkritik, die dort oben im Palace Hotel und Grillroom ihr Wesen trieb. Er hätte sonst sicher etwas dagegen getan. Mack aber und seine Gefährten ahnten nicht, wie gut ihnen Doc gesinnt war; sonst hätten sie sicherlich die Köpfe so hoch wie nur je getragen.

Es war eine scheußliche Zeit. Das Unglück suchte den leeren Platz heim. Sam Malloy lebte in Unfrieden mit seiner Gattin. Sie heulte die ganze Zeit, und dies hörte sich infolge des Echos im Kessel nicht anders an, als weine ein Mensch unter Wasser. Und es war, als sei an allem, was Übles geschah, nur Mack und die Jungens schuld. Der nette Nachtwächter im Restaurant Flotte Flagge setzte einen Besoffenen an die Luft. Doch griff er diesmal so kräftig zu, daß des Betrunkenen Steißbein dabei in Trümmer ging. Um die juristische Seite dieses Hinauswurfes zu bereinigen, mußte Alfred dreimal nach Salinas vor Gericht, und das mißfiel ihm.

Obendrein verlangte um diese Zeit ein Verband sittenstrenger Klatschbasen von Monterey, es müßten zum Schutze der männlichen Jugend der USA alle Lasterhöhlen polizeilich geschlossen werden. Zwar erfolgten derartige Aktionen jedes Jahr in der toten Saison zwischen dem 4. Juli und der Eröffnung der Landesmesse, während welcher Zeit Dora ihr Haus ohnedies auf acht Tage schloß; schließlich mußten die Mädchen auch einmal verschnaufen, und allerhand Instandsetzungsarbeiten mußten ausgeführt werden. In diesem Jahr jedoch hatten es die Sittenstrengen auf einen förmlichen Kreuzzug abgesehen. Sie lechzten nach einem Skalp. Es ging diesmal so weit, daß man ihnen erst sagen mußte, wer tatsächlich der Besitzer des Lasterkomplexes war und wie hoch die Mieten und daß er durch Abstellung der sündigen Praxis wirtschaftlich nicht in Bedrängnis gerate. Aber für Dora wuchs sich das weibliche Tugendverlangen beinahe zu einer ernsten Gefahr aus. Und nicht nur für sie. Während des halben Monats, da ihr Lokal gesperrt blieb, fanden in Monterey drei Kongresse statt! Die tiefe Enttäuschung der Kongreßdelegierten sprach sich herum, und so ging Monterey im Jahre darauf fünf großer Kongresse verlustig.

Doch war damit das Maß des Leidens noch nicht erschöpft. Doc mußte, um das bei dem Fest in Scherben gegangene Glas zu ersetzen, ein Bankdarleher aufnehmen. Ein gewisser Elmer Rechati übernachtete auf den Schienen der Southern Pacific und verlor dabei beide Beine. Ein unerwarteter Wirbelwind zerfetzte die Netze der Fischer, riß drei Fischerboote vom Ufer los und schleuderte sie in traurigem Zustand an den Del-Monte-Strand.

Für eine derartige Pechsträhne gab es keine Erklärung. Aber die ganze Stadt fragte sich, welch heimliche Freveltat eine solch unselige Folge von Mißhelligkeiten wohl ausgelöst haben könne. Da schlug sich der eine reuevoll selbst an die Brust, ein anderer fand die Ursache in den Sonnenflecken, und ein dritter stritt auf Grund der Wahrscheinlichkeitsrechnung jeden Kausalzusammenhang ab. Nicht einmal die Herren Ärzte kamen bei der Geschichte auf ihre Rechnung, denn obwohl sich damals eine Menge Personen krank ärgerten, holten sie keinen Arzt. Denn diesem Übel war kein Kraut und kein Arzt gewachsen.

Was aber für Mack und die Jungens das Ärgste war: Darling

erkrankte! Nach fünf Fiebertagen war das mollige lebhafte Hündchen nur noch Haut und Knochen. Die leberfarbene Schnauze war rot, der Gaumen weiß, das Körperchen glühte und schlotterte. Darling verschmähte Essen und Trinken, von Tag zu Tag schrumpfte sie mehr zusammen, bis man durch die Haut ihres Schwänzchens jeden einzelnen Knorpel sah. Sie hatte anscheinend die Hundestaupe. Ein panischer Schrecken befiel Palace Hotel und Grill. Darlings Dasein war für alle ein Herzensbedürfnis geworden.

Sogleich gaben Hughie und Jones ihre Stellungen auf, um jeden Augenblick bei der Hand zu sein. Abwechselnd hielten sie bei ihr Krankenwache, machten ihr kühlende Umschläge, aber Darling wurde nur immer kränker und schwächer. Schließlich mußten sich, wenn auch nur ungern, Hazel und Jones dazu bequemen, Doc um Beistand zu bitten.

Sie fanden ihn über einer Gezeitentabelle, an der er emsig arbeitete und zugleich ein Hühnerragout verzehrte, das hauptsächlich aus Seegurken bestand. Die Delegation hatte den Eindruck eines etwas kühlen Empfangs. »Es ist wegen Darling«, entschuldigten sie sich, »sie ist krank.« — »Was fehlt ihr,« — »Mack meint, die Hundestaupe.« — »Davon verstehe ich nichts. Ich bin kein Tierarzt.«

»Aber Sie könnten das arme Tier vielleicht einmal ansehen?« bat Hazel, »es geht ihr hundeschlecht.«

Während Doc Darling untersuchte, standen die fünf im Kreis um ihn herum. Er sah ihr in die Augen, in den Mund, den Hals und fühlte das Fieber in den Ohren. Seine Finger glitten über die Rippen, die gleich Dornen hervorstanden, und über das kranke Rückgrat. »Frißt sie?« fragte er. — »Keinen Bissen«, antwortete Mack.

»Ihr müßt sie füttern, meinetwegen gewaltsam — kräftige Suppen, Eier und Lebertran.« Damit begab er sich wieder zu seinen Tabellen und dem Ragout. Die Zurückbleibenden empfanden sein Verhalten als ausgesprochen kühl.

Aber sie hatten nun wenigstens etwas zu tun. Die Fleischbrühe, die sie kochten, war stark wie Whisky. Sie flößten Darling Lebertran ein, ganz weit hinten, so daß wenigstens etwas hinunterrutschte. Sie hielten ihr den Kopf fest und machten aus ihren Kinnbacken einen Trichter, durch den sie dem Tier Suppe ins Maul gossen. Wenn Darling nicht ersticken wollte, mußte sie alles hinunterschlucken. Dies wiederholten sie alle zwei Stunden. Bisher hatten sie schichtweise geschlafen. Jetzt wachten die fünf ununterbrochen. Stumm saßen sie da und warteten auf die Krisis.

Am Morgen in aller Frühe trat die Krise ein. Die Jungens dösten auf ihren Stühlen. Nur Mack war wach, sein Blick auf die Geliebte gerichtet. Da sah er, wie ihre Ohren zuckten — jetzt noch einmal — die Brust hob sich — mit unbeschreiblicher Mühe raffte sie sich auf ihre Beine, die spindeldürren, schleppte sich zur Tür, läpperte vier Schlückchen Wasser und fiel hin.

Mack weckte die anderen mit lautem Gebrüll. Er tanzte vor Freude. Alle schrien so toll, daß es drüben der Nachtwächter Alfred hörte und dachte, sie gäben ein Fest. Auch Lee, der eben den Abfallkübel vors Haus stellte, hörte den Krach, aber er brummte nur vor sich hin.

Um neun hatte Darling ein rohes Ei und einen halben Schoppen Schlagsahne verzehrt. Um Mittag nahm sie bereits an Gewicht zu. Am Tag darauf zottelte sie schon ein wenig herum, und zum Wochenend war sie wieder ein richtiger Hund.

Endlich war eine Bresche in den mächtigen Wall des Unglücks geschlagen, und allenthalben verspürte man bald die wohltätigen Folgen. Die zerrissenen Netze wurden geflickt und wieder zum Fang benutzt. Dora erhielt einen Wink, sie könne ihr Haus wiedereröffnen. Earl Wakefield fing einen Seeskorpion mit zwei Köpfen und verkaufte ihn dem Museum zum Preis von acht Dollars. Der Bann war gebrochen, des Harrens ein Ende. Bei Doc wurden des Abends wieder Vorhänge gezogen, und der gregorianische Kirchengesang tönte bis zwei Uhr nachts. Dann endete die Musik, und aus dem Hause kam niemand.

Nun erweichte sich auch das Herz Lee Chongs. Als hochherziger Chinese verzieh er Mack und Konsorten, schrieb die Froschschuld, die ihm von Anfang an Kopfweh verursacht hatte, in den Schornstein und brachte zum Zeichen seiner Vergebung den Jungens ein Fläschchen Old Tennisschuh. Ihre Einkäufe auf dem Wochenmarkt hatten seine Gefühle verletzt. Nun aber war alles wieder gut. Sein Besuch aber fiel — und dies war ein glückliches Omen — zusammen mit Darlings erster selbständiger Tat seit der Krankheit. Als Lee mit seinem Geschenk das Palace betrat, zerriß sie mit Erfolg Hazels einziges Paar Gummischuhe, wozu ihre beglückten Herrchen begeistert Beifall klatschten.

Noch nie hatte Mack die Flotte Flagge aus geschäftlichem Interesse aufgesucht. Es wäre ihm dies wie Blutschande vorgekommen. Er benutzte vielmehr im Bedarfsfall ein Haus am Baseballpark. Als er daher durch Doras Haupteingang eintrat, vermutete niemand etwas anderes, als daß er ein Bier trinken wolle. »Ist Dora da?« fragte er Alfred.

»Was willst du mit ihr?« forschte dieser.

»Ich habe sie etwas zu fragen.« — »Was?« — »Das geht dich einen Scheißdreck an«, versetzte Mack.

»Okay. Einen Moment. Ich will sehen, ob sie zu sprechen ist.« Gleich darauf bat er Mack in Doras Privatbüro.

Die Herrin des Freudenhauses saß an ihrem Rollpult. Auf

ihrem Haupt türmte sich das Orangenhaar in zahllosen Ringel-löckchen. Die Augen waren von einem grünen Schutzschirm beschattet. Vor ihr lag ein altertümliches Hauptbuch für dop-pelte Buchführung, in dem sie mit einer stumpfen Feder Bilanz zog. Sie trug einen prächtigen rosaseidenen Morgenrock mit Spitzen am Hals und an den Handgelenken. Als Mack eintrat, schraubte sie sich auf ihrem Drehstuhl herum und sah ihn an. Alfred stand in der Tür und wartete. Mack stand neben ihm und wartete, bis er die Tür von außen zugemacht hatte.

»Womit kann ich Ihnen dienen?« fragte Dora, nachdem sie den Besuch eine Weile, nicht ohne Mißtrauen, gemustert hatte.

»Ja, wissen Sie, Ma'am«, rückte Mack mit der Sprache her-aus, »Sie haben doch sicher gehört, was wir bei Doc angestellt haben.«

Dora schob den Augenschirm nach hinten und steckte die Feder in ein Fäßchen mit verklexten Glaskügelchen. »Ja-a, davon habe ich etwas gehört.«

»Wir haben es Doc zuliebe getan. Ob Sie es glauben oder nicht — wir wollten ihm eine Party geben. Er ist nur zu spät gekommen, und — da ist uns die Sache halt über den Kopf gewachsen.«

»Ich bin davon unterrichtet«, bemerkte Dora. »Und was habe ich damit zu tun?«

»Tja«, machte Mack, »ich und die Jungens wollten Sie etwas fragen. Sie wissen, wieviel wir von Doc halten. Nun wollten wir Sie fragen: was können wir Ihrer Ansicht nach tun, um ihm das zu zeigen?«

»Hm!« machte Dora, warf sich in ihrem Drehstuhl zurück, schlug die Beine übereinander, strich ihren Morgenrock über den Knien glatt, schüttete Zigaretten aus ihrem Päckchen, steckte sich eine an, dachte nach und sprach: »Ihr habt ihm eine Party gegeben, die er nicht bekommen hat. Gebt ihm jetzt eine, die er bekommt!«

»Das Ei des Kolumbus!« sagte Mack hintennach zu den Jungens, »diese Dora! Eine grundgescheite Person! Jetzt versteh' ich, wieso sie es bis zur Puffmutter gebracht hat, kein Wunder! Ein ganz verflixt gescheites Frauenzimmer!«

XXIV

Mary Talbot, das heißt Mrs. Tom Talbot, war eine aparte Erscheinung. In ihrem roten Haar spielten grünliche Lichter. Ihre Haut war wie Gold, durch welches ein zartes Grün schimmert, ihre Augen grün mit kleinen goldenen Tupfen, ihr Gesicht wie über einem Dreieck: breite Stirn und Backenknochen, das Kinn schmal, nach unten gespitzt. Ihre Beine und Füße waren die einer Tänzerin, lang und schmal; beim Gehen schienen sie kaum den Boden zu berühren. Wenn Mary erregt war, und das war sie fast immer, schimmerte ihr Gesicht in rötlichem Gold. Ihre Urururururgroßmutter war als Hexe verbrannt worden.

Was Mary Talbot mehr als alles in der Welt liebte, waren Partys, sei es, daß sie selbst eine gab, sei es, daß sie eine solche besuchte. Da jedoch Tom, ihr Gatte, zu wenig verdiente, stiftete sie meist andere Leute an, eine Party zu veranstalten. Sie klingelte eine ihrer Freundinnen an und sagte einfach: »Du! Es wäre an der Zeit, daß du wieder einmal eine Party gibst.«

Mary hatte im Jahr durchschnittlich sechsmal Geburtstag. Sie arrangierte Kostümfeste, Ausflüge und improvisierte sogenannte Überraschungspartys. Der Weihnachtsabend war bei ihr immer besonders anregend. Sie war nach Partys verrückt und steckte mit ihrer Schwärmerei allmählich auch ihren Gatten an.

Wenn Tom bei der Arbeit war und Mary allein zu Haus, veranstaltete sie manchmal einen Tee für die Katzen der Nachbarschaft. Ein Schemel, mit Puppengeschirr gedeckt, war der Teetisch. Katzen gab es genug, und sie führte mit ihnen die niedlichsten Gespräche — stundenlang. Es war eine Art parodistischer Tändelei und bereitete ihr großen Genuß. Es täuschte sie über die Tatsache hinweg, daß sie nichts Hübsches zum Anziehen hatte und im Hause Talbot kein Geld war. Die jungen Leute lebten *vis-à-vis de rien*, aber wenn alle Stricke gerissen waren, zauberte Mary aus dem gähnenden Nichts eine Party hervor.

Sie war darin ein Genie. Sie konnte mit ihrer Fröhlichkeit ein ganzes Haus auf den Kopf stellen und handhabte diese Begabung als Waffe gegen die Niedergeschlagenheit, die ihren Tom bedrängte. Sie hielt es für ihre Pflicht, ihm die Verzagtheit vom Leibe zu halten: »Das weiß doch jeder, daß du noch einmal ganz, ganz großen Erfolg hast!« Sie selbst hatte jetzt schon Erfolge, denn sie jagte den Trübsinn zum Hause hinaus. Aber er drang immer von neuem ein und quälte Tom, daß er stundenlang vor sich hin brütete, während sie ihre lustigsten Einfälle aufsteigen ließ.

Als wieder einmal der Erste war und die vielen kleinen Rechnungen hereinflatterten und die Miete noch nicht bezahlt war und von *Collier's* ein Manuskript Toms und von *The New Yorker* seine Entwürfe zurückgeschickt worden waren und er von einer Brustfellentzündung schwer geplagt wurde, zog er sich in das gemeinsame Schlafzimmer zurück und legte sich aufs Bett.

Sachte trat Mary ein. Die blaugraue Farbe der Trübsal war durch das Schlüsselloch und die Spalte zwischen Schwelle und

Tür bis in den Garten gesickert. Mary trug ein Sträußlein doldenblütiger Schleifenblumen in einer Spitzenmanschette. »Da, riech einmal!« und hielt ihm das Sträußlein vor die Nase.

Stumm sog er den Duft ein.

»Weißt du, was heut für ein Tag ist?« lächelte sie vielverheißend und hatte selbst keine Ahnung; sie wollte nur, es solle ein lichter Tag werden. Aber Tom antwortete: »Wir wollen uns doch nichts vormachen, Mary. Wir sind erledigt. Wir gehen unter.«

»Wir gehen auf!« rief Mary. »Weißt du nicht, daß wir Zauberer sind? Von jeher! Weißt du noch, wie du zehn Dollars in dem Bibliotheksbuch gefunden hast? Und wie uns dein Vetter fünf Dollars geschickt hat? Uns kann nichts geschehen.«

»Ich kann mich nicht aus dieser verfluchten Gesellschaftsordnung herausschwätzen«, sagte Tom bedrückt, »ich habe es satt, immer zu tun, als ob. Ich brauche endlich einmal etwas Greifbares, ein einziges Mal!«

»Wie wär's mit einer kleinen Party heut abend?«

»Wovon sollen wir eine Party veranstalten? Willst du aus dem Stilleben in der Illustrierten den gekochten Schinken herausschneiden und unseren Gästen vorsetzen? Das Getändel ist mir verleidet. Ich finde es nicht mehr komisch, nur traurig.«

»Die kleine Party heut abend trau' ich mir zu«, beharrte Mary, »mit Leichtigkeit, Tom! Jeder kann kommen, so wie er geht und steht. Kein Frackzwang. Heut ist doch der Gründungstag des Internationalen Blütenbundes — hast du das ganz vergessen?«

»Es hat keinen Zweck«, sagte der Mann gequält, »ich kann mich zu so etwas nicht mehr aufschwingen. Geh lieber hinaus, schließ die Tür, laß mich allein, ich halt's nicht mehr aus!«

Sie sah ihm tief in die Augen, erkannte, es war sein Ernst,

ging still aus dem Zimmer, schloß die Tür hinter sich, und Tom verbarg sein Gesicht in den Armen.

Er hörte sie im Nebenzimmer herumrascheln. Sie dekorierte die Tür mit altem Christbaumschmuck, Glaskugeln, Lametta, und machte ein Schild, darauf stand: »Tom, unser Held, sei gegrüßt!« Sie horchte. Nichts regte sich hinter der Tür. Bekümmert zog sie das Fußbänkchen unter dem Sofa hervor, deckte eine Serviette darüber, stellte vier kleine Schalen und Untertassen darauf und ihr Sträußlein in einem Weinglas graziös in die Mitte, ging in die Küche, setzte den Teekessel aufs Feuer und eilte in den Garten.

Randolphs Kätzchen sonnte sich auf dem Gartenzaun. »Miss Randolph«, lud Mary sie ein, »es kommen heut ein paar Freundinnen zu mir zum Tee. Kommen Sie auch?« Kätzchen rollte sich auf den Rücken und dehnte sich. »Nicht später als vier, wenn ich bitten darf! Mein Herr Gemahl und ich müssen abends zur Jahrhundertfeier des Blütenbundes.«

Hinter dem Haus saß Casinis Kitty unweit der Brombeerhecke und schnurrte; ihr Schweif bewegte sich heftig. »Mrs. Casini —«, kam Mary auf sie zu und fuhr im gleichen Moment vor Entsetzen zurück. Kitty Casini spielte mit einer lebenden Maus, schlug nach ihr mit unbewaffneter Pfote, die Maus krümmte sich, wehrte sich voll Verzweiflung; ein Hinterbein hing gelähmt. Die Katze ließ sie ein Stück laufen, doch nicht bis in den Schutz der dichten Hecke — schon war sie wieder über dem Mäuschen, weiße Krallen wuchsen aus ihren Pfoten hervor, schlugen ihm zierlich behende ins Rückgrat, rollten es, drehten es hin und her, und ihr Schweif zuckte vor Spannung und Mordlust.

»Tom! Tom!« Tom war eben im Einschlafen, als er den Aufschrei Marys vernahm. Er sprang aus dem Bett. »Was gibt's? Wo bist du?« Er hörte ihr Schluchzen, lief hinaus in den

Garten und sah, was geschehen. »Dreh dich um, Mary!« rief er und gab dem gemarterten Mäuschen den Tod.

Casinis Kitty war auf den Gartenzaun geklettert und verfolgte sein Treiben voll Zorn. Tom nahm einen Stein, warf nach ihr und traf sie am Bauch, daß sie vom Zaun fiel.

Im Haus weinte Mary leise in sich hinein, goß den Tee über und trug ihn auf. »Setz dich!« bat sie, und Tom lagerte sich auf den Boden neben den Schemeltisch. »Darf ich um eine Tasse für Erwachsene bitten?« fragte er.

»Ich kann Kitty Casini ja keinen Vorwurf machen«, erklärte Mary, »ich weiß doch, wie Katzen sind. Sie kann nichts dafür. Aber — ach, lieber Tom«, seufzte sie, »so etwas kann man doch unmöglich ein zweites Mal einladen! So gern ich sie an und für sich auch mag, ich bin ihr jetzt lange Zeit böse.« Sie äugte nach Tom und sah, die Kummerfalten waren von seiner Stirn geschwunden, die Augen waren nicht mehr umflort. Und sie fuhr fort: »Der Blütenbund nimmt mich die letzte Zeit dermaßen in Anspruch, ich weiß nicht, wo mir der Kopf steht!«

Noch im gleichen Jahr veranstaltete Mary Talbot eine Schwangerschaftsparty, und es hieß allgemein: »Das Kind, das sie bekommt, wird einmal ein lustiges Leben haben!«

XXV

Ganz Cannery Row und vermutlich ganz Monterey fühlte: ein Umschwung war eingetreten. Selbstverständlich, man soll nie an Vorzeichen und Vorbedeutungen glauben; das tut doch kein vernünftiger Mensch, daß er sich durch solchen Unsinn beeinflussen läßt! Auch im Cannery Row ist man nicht abergläubisch, Gott behüte! Man geht nur nicht gerade unter einer Leiter durch und spannt einen Schirm in der Wohnung auf. Doc war Wissenschaftler vom reinsten Wasser, Aberglauben für ihn ein Ding der Unmöglichkeit. Nur als er eines Nachts beim Nachhausekommen auf seiner Türschwelle ein Gewind weißer Rosen fand, berührte es ihn etwas unbehaglich. Und so geht es den meisten Einwohnern der Ölsardinen- und anderer Straßen. Sie glauben nicht daran, und es bewegt sie doch.

In Macks Gemüt bestand kein Zweifel darüber, daß über Palace Hotel und Grillroom düstere Schicksalswolken verweilt hatten. Er hatte das Unglücksfest von allen Seiten her betrachtet und war zum Ergebnis gelangt: das Unglück sei durch alle Ritzen gedrungen. Wie Bienenschwärme am Abend habe das Mißgeschick sie überfallen. Er fand: In solchen Fällen ist es das Klügste, man legt sich ins Bett, bis alles vorüber ist. Man kommt ja doch nicht dagegen an. Nein, Mack war nicht abergläubisch.

Nun aber durchdrang ein Glücksgefühl Cannery Row und strahlte von dort ins Weite. Doc hatte bei einer ganzen Reihe von Besucherinnen, den feinsten Damen, ein geradezu übernatürliches Glück, ohne daß er sich irgendwelche besondere Mühe gab. Das Pointerjunge im Palace wuchs wie die Stangenbohnen, und da es einen Stammbaum von hundert gutabgerichteten Vorfahren aufwies, fing es mit einemmal an, sich selbst zu erziehen. Pfützen auf dem Fußboden erschienen ihm plötzlich ekelhaft. Es ging vor die Tür. Unverkennbar entwickelte es sich zu einer braven, liebenswürdigen Hündin. Und aus der Hundestaupe war zum Glück kein Veitstanz hervorgegangen.

Wie ein Gas breitete sich der Segen aus und wirkte weiter bis zu Hermans Würstchenstand, ja bis ins Hotel San Carlos. Es spürte ihn Jimmy Brucia und sein singender Barmixer, es spürte ihn auch Sparky Enea und blieb im Kampf mit drei neuen Stadtpolizisten Sieger. Der wohltätige Einfluß reichte sogar bis ins Landesgefängnis von Salinas. Gay, der bis dahin das schönste Leben gehabt hatte, weil er den Sheriff im Schachspiel regelmäßig gewinnen ließ, wurde nun keck und gewann jedes Spiel. Zwar ging er dadurch seiner Vorzugsstellung verlustig, fühlte sich aber dafür wieder als ehrlicher Kerl.

Sogar die Seelöwen spürten die Veränderung. Ihr Gebell nahm einen Ton, einen Takt an, der das Herz des heiligen Franziskus erfreut hätte. Und Konfirmandinnen blickten unversehens von ihrem Katechismus auf und kicherten ohne ersichtlichen Grund. Ein Erforscher erdmagnetischer Ströme wäre vielleicht imstande gewesen, den quellenden Ursprung all der Freude- und Glücksausstrahlungen zu lokalisieren. Mittels seiner Wünschelrute hätte ein Rutengänger ihn wohl im Palace Hotel und Grillroom ermittelt. Bestimmt war dort ein magnetisches Feld, das Kraftzentrum aller Lustigkeit. Jones konnte urplötzlich von seinem Stuhl aufspringen, Kapriolen schießen und sich wieder hinsetzen. Hazel lächelte stillvergnügt vor sich hin. Aber zuweilen schäumte die Freude so allgemein auf, daß Mack sie nur mit der größten Mühe eindämmen und die gestaute Kraft auf ein bestimmtes Ziel zu lenken vermochte. Eddie, der während der ganzen Zeit Nacht für Nacht im La Ida tätig war, legte einen Weinkeller an, der die höchsten Genüsse verhieß. In seinen Sammelkrug goß er keinen Tropfen Bier mehr, weil dies der Mischung, wie er sich ausdrückte, einen schalen Beigeschmack gab.

Sam Malloy pflanzte rote Winden, die bald den Kessel umrankten, und ein Sonnensegel hatte er ausgespannt, unter dem er an schönen Nachmittagen mit seiner Frau saß. Sie häkelte eine Bettdecke.

Auch in die Flotte Flagge drang Freude ein. Das Geschäft

blühte. Phyllis Maes Bein heilte gut, und fast war die Tapfere wieder arbeitsfähig. Eva Flanegan kehrte aus East St. Louis zurück und war glücklich, wieder da zu sein. Es war dort sehr heiß und lange nicht so schön gewesen, wie die Erinnerung es ihr vorgegaukelt hatte.

Die Party für Doc, in Entwurf und Ausführung, reifte jedoch nicht mit einem Schlag. Gut Ding will Weile haben. Wohl waren alle von der Idee durchdrungen, doch sie ließen sie wie eine Raupe im Kokon ihrer Einbildungskraft sich entwickeln. Mack als Realpolitiker sagte: »Letztesmal haben wir die Geschichte forciert. Auf diese Weise kommt nie eine anständige Party zustande. Man muß die Sache an sich herankommen lassen.«

»Wann soll sie stattfinden?« fragte Jones ungeduldig.

»Ich weiß nicht«, versetzte Mack.

»Wird es eine Überraschungsparty?« wollte Hazel wissen. »Das wäre wohl am schönsten«, versetzte Mack. Darling brachte ihm einen Tennisball, den sie irgendwo aufgestöbert. Er schleuderte ihn zur Tür hinaus ins Unkraut. Sie schoß hinterher.

»Wenn wir wüßten, wann Doc Geburtstag hat, könnten wir eine Geburtstagsfeier veranstalten«, äußerte Hazel. Mack staunte. Dieser Hazel überraschte doch immer wieder von neuem! »Donnerwetter, du hast es getroffen, Hazel«, rief er entzückt, »Geburtstagsfeier, Geschenke — das ist das Richtige! Jetzt müssen wir bloß noch das Datum herausfinden.«

»Das kann doch nicht schwer sein«, meinte Hughie, »wir fragen ihn einfach.«

»Bloß nicht!« warnte Mack. »Dann riecht er den Braten. Wenn du jemand nach seinem Geburtstag fragst und hast ihm schon einmal ein Fest gegeben wie wir, weiß der Betreffende doch sofort, was du vorhast, und die Überraschung ist beim

Teufel. Am besten, ich gehe hinüber und beschnuppere ihn ganz unauffällig.«

»Ich geh mit«, bot Hazel an, aber Mack wies ihn zurück: »Wenn wir zu zweit angerückt kommen, denkte er, wir wollen etwas von ihm.«

»Entschuldige, es war nur wieder so eine Idee von mir«, sagte Hazel. »Gewiß«, versicherte Mack, »und wenn die Geburtstagsparty geglückt ist, sage ich Doc: du hattest die Idee! Aber im Augenblick ist es günstiger, ich gehe allein.«

»Wie ist er jetzt — nett?« fragte Eddie.

»Aber natürlich! Alles wieder in schönster Ordnung.«

Mack traf Doc im rückwärtigen Teil seines Laboratoriums zu ebener Erde. Er trug eine lange Gummischürze, an den Händen Gummihandschuhe zum Schutz gegen Methanol und war gerade dabei, in Arterien und Venen von kleinen Katzenhaien Farbstoffe zu spritzen. Die blaue Masse befand sich noch in der elektrischen Rollmühle zum Mischen, die rote bereits in der Spritze. Genau, rasch und sicher führten Docs zarte Hände die Nadel an der richtigen Stelle ein; der Drücker preßte die komprimierte Luft, die den Farbstoff in die Blutgefäße drängte. Die präparierten Objekte legte er sauber auf einen Haufen, um sie für die blaue Einspritzung gleich bei der Hand zu haben. Kleine Haifische eignen sich gut zu anatomischen Präparaten.

»Na, Doc«, begann Mack, »viel zu tun?«

»Bin zufrieden. Wie geht's dem Hündchen?«

»Famos. Aber ohne dich wäre es tot.«

Komplimente pflegten Doc mißtrauisch zu machen, besonders bei Mack; er kannte ihn zu genau. Vorsicht! wallte es in ihm auf, ebbte jedoch sogleich wieder ab, denn aus Macks Ton klang nichts als reinste Dankbarkeit. Auch wußte Doc, wie sehr der Bursche an Darling hing. »Wie geht es oben bei euch im Palace?«

»Fein, Doc, fein! Wir haben zwei neue Stühle; die solltest du dir einmal ansehen kommen! Es ist jetzt bei uns wirklich nett.«

»Gern«, nahm Doc die Aufforderung an. »Bringt Eddie noch immer den Krug?« — »Gewiß. Er schüttet aber kein Bier mehr hinein; seitdem schmeckt der Stoff bedeutend besser; er ist auch viel kräftiger!«

»Er war vorher schon kräftig genug«, fand Doc

Mack wartete geduldig. Doc sollte den Gegenstand, auf den es ankam, selber von ungefähr streifen; dann konnte er keinen Verdacht schöpfen. Das war Macks Methode.

»Ich habe Hazel schon lange nicht mehr gesehen. Fehlt ihm etwas?«

»Nein«, sagte Mack. Nun konnte er loslegen. »Hazel ist soweit in Ordnung, bloß daß Hughie und er sich immerzu in den Haaren liegen; das geht jetzt schon seit einer Woche«, grinste er überlegen, »es ist zum Totlachen, sie streiten sich über etwas, wovon sie beide nicht die Bohne verstehen. Ich misch' mich nicht ein, weil ich auch nichts davon verstehe, aber die zwei sind rein verrückt. Wie die aufeinander loshacken!«

»Worum handelt es sich denn?«

»Ach, um — Hazel kauft doch immerzu solche — wie sagt man nur? Glückskarten, weißt du, mit Sternen und Schicksal und Glücksdatum, und Hughie behauptet, das ist alles Mist, und dann schreit Hazel: ›Hughie, du mußt bloß wissen, wann einer geboren ist, dann weißt du alles‹, und Hughie schreit: ›Quatsch, die wollen dir bloß für dein sauer verdientes Geld die Glückskarten aufhängen.‹ Ich versteh' ja nichts von dem Zeug, hältst du was davon, Doc?«

»Ich bin auf Hughies Seite«, antwortete dieser, hielt die Kugelmühle an, wusch das Rot aus der Farbspritze und füllte sie mit Blau.

»Gestern abend«, fuhr Mack fort, »sind sie wie die Wilden aufeinander los, und dann wollten sie es an mir probieren, wer recht hat. Wann ich Geburtstag hätte, wollten sie wissen. Am 12. April. Kaum habe ich das gesagt, da rennt Hazel los und kauft für sein gutes Geld so eine Schicksalstabelle oder wie man es nennt. Na, ich muß sagen: ungefähr hat's gestimmt. Aber das ist weiter kein Kunststück, es stand lauter Gutes über mich drin, und von sich selbst glaubt man das Gute natürlich gern. Da stand, ich wär' tapfer und wäre gerissen und ein guter Freund. Aber Hazel behauptete: da stimmt jedes Wort; das Kärtchen hat recht, und er hat recht. Wann hast du zum Beispiel Geburtstag?« Das kam ganz natürlich heraus; es ergab sich so zwanglos aus dem Zusammenhang, daß kein Mensch etwas dabei hätte finden können. Aber Doc kannte, wie gesagt, Mack zu genau. Sonst hätte er jetzt »Am 18. Dezember« geantwortet, was sein Geburtstag war, und nicht den 27. Oktober genannt, an dem nicht einmal eine Tante von ihm geboren war. »Am 27. Oktober«, antwortete er, »du kannst ja Hazel fragen, wie dann mein Charakter sein muß und meine Zukunft.«

»Ist ja wahrscheinlich alles Unsinn«, winkte Mack ab, »aber Hazel nimmt alles für bare Münze. Na, lassen wir ihm sein Vergnügen; er kann ja nachsehen, was über dich drinsteht!«

Was mag da nur dahinterstecken? fragte sich Doc, als Mack draußen war. Eine Absicht bestimmt! Er kannte Macks Technik, Methode und Stil. Aber zu welchem Zweck brauchte der Bursche die Information?

Erst viel später, als um ihn herum ein Getuschel begann, reimte sich Doc die Geschichte zusammen. Vorläufig fühlte er nur eine gewisse Erleichterung, denn er hatte erwartet, Mack wolle ihn wieder einmal begaunern.

XXVI

Die beiden Buben spielten zusammen auf der Bootswerft, als eine Katze über den Zaun kletterte. Sogleich machten sie Jagd auf das Tier, hetzten es über die Schienen, füllten sich die Taschen mit Steinen aus der Schotterung, doch war die Katze inzwischen ins hochaufgeschossene Unkraut entwischt. Sie aber warfen deswegen die Steine nicht weg, denn diese eigneten sich in Größe, Gewicht und Format ganz ausgezeichnet zum Schleudern. Man weiß nie, wozu so ein Stein einmal verwendbar ist. Man kann ihn zum Beispiel sehr gut gegen die Wellblechwand von Morden-Konserven Ltd. in der Straße der Ölsardinen knallen lassen. Und das taten die beiden. Worauf ein Mann zum Fenster des Fabrikbüros hinaussah, zur Tür und ins Freie stürzte. Aber die Buben waren für ihn zu geschwind. Er war noch nicht aus der Tür, als sie sich schon hinter einer hölzernen Kabeltrommel auf dem leeren Platz verkrochen hatten, wo er sie in hundert Jahren nicht finden würde.

Als sie das Versteckspiel satt hatten, weil niemand sie suchen kam, standen sie auf und schlenderten die Cannery Row entlang, starrten einige Zeit in Lee Chongs Schaufenster auf die dort prangenden Drahtzangen, Bandsägen, Arbeitermützen und Bananen, gingen dann auf die andere Straßenseite und setzten sich auf die Eingangsstufen des Western Laboratory. Sagte Joey: »Weißt du, da drin der Alte hat Babys in Flaschen.« — »Was für Babys?« fragte Willard.— »Richtige, sind bloß noch nicht geboren worden«, antwortete Joey. — »Das glaub' ich dir nicht.«

»Doch, es ist wahr. Der Sprague hat sie selber gesehn. Sie sind nicht größer wie so-o, hat er gesagt. Sie haben schon kleine Hände und Füße und Augen auch.«

»Auch Haare?«

»Von Haaren hat der Sprague nichts gesagt.«

»Hättest du ihn doch danach gefragt! Ich glaube, der Sprague ist ein Lügner.«

»Paß nur auf, daß er das nicht hört!« warnte Joey.

»Kannst ihm ruhig sagen, ich hätt's gesagt, er ist ein Lügner. Ich habe keine Angst vor dem Sprague. Ich hab' auch keine Angst vor dir. Ich hab' vor niemand Angst, hast du vielleicht was dagegen?« Joey gab keine Antwort. »Hä? Ob du etwas dagegen hast?«

»Nein«, sagte Joey, »ich hab' nur gedacht, wir könnten 'raufgehen und fragen, ob er Babys in Flaschen hat. Vielleicht zeigt er sie uns, wenn er welche hat.«

»Er ist nicht da«, sagte Willard, »wenn er da ist, steht sein Wagen hier. Er ist jetzt fort. Es ist ja doch gelogen. Der Sprague ist ein Lügner. Du bist auch 'n Lügner. Ist dir das vielleicht nicht recht?«

Die Luft war drückend, erschlaffend. Man sah ordentlich, wie Willard sich Mühe gab, böse und heftig zu sein. »Du bist ein feiger Hund. Hast du vielleicht was dagegen?« Joey gab keine Antwort.

Nun zog Willard andere Saiten auf. »Wo ist denn dein Vater?« fragte er beiläufig.

»Er ist tot«, sagte Joey.

»Sieh mal an! Das ist mir ja neu!«

Joey konnte nichts antworten. Er wußte genau, daß Willard es wußte. Er aber durfte es nicht zugeben, er hätte sonst seinen

Kameraden verdreschen müssen — und er hatte Angst vor ihm.

»An was ist er denn gestorben?« fragte der Freund.

»Er, er beging — er hat sich getötet.«

»Potz!« Willard schnitt eine Fratze. »Wie hat er denn das angefangen?«

»Er hat Rattengift gegessen.«

Willard platzte heraus: »Hihihihi! Hat er gedacht, er ist eine Ratte?«

Joey kicherte ein bißchen mit. Schon zuviel. Aber er hatte Angst.

»Er hat sicher gemeint, er ist eine Ratte!« schrie Willard. »Ist er auch so herumgekrochen — schau her, Joey: so! Hat er auch so mit der Nase geschnuppert? Hat er hinten 'n langen grauen Schwanz gehabt?« Willard kugelte sich vor Lachen. »Warum ist er denn nicht an 'ne Rattenfalle und hat seinen Kopf hineingestreckt?«

Joey kicherte feige über den Witz, und Willard lachte, bis er nicht mehr konnte und ihm etwas Neues einfiel. »Wie hat er denn ausgesehen, wie er das Rattengift gefressen hat — schau her, Joey, so?« Er sperrte den Mund auf, schielte mit beiden Augen und ließ die Zunge heraushängen.

»Er war den ganzen Tag krank«, berichtete Joey. »Er ist in der Nacht gestorben, ganz spät. Es hat ihm furchtbar weh getan.« — »Ei, warum hat er es denn getan?« forschte Willard.

»Er hat keine Arbeit bekommen«, antwortete Joey, »er hat fast seit einem Jahr keine Arbeit gehabt, und das Komische war: am Morgen ist einer gekommen, der hat Arbeit für ihn gehabt.«

Willard fing wieder von vorne an: »Er hat sicher gemeint, er ist eine Ratte.« Aber der Witz wirkte nicht mehr, nicht einmal auf ihn selbst.

Joey stand auf, die Hände in den Hosentaschen, die Augen

zu Boden geschlagen, wobei er eine Kupfermünze gewahr wurde, die sich in den Rinnstein verirrt hatte. Er bückte sich danach, aber ehe er sie noch hatte, stieß ihn Willard zurück und nahm den Penny. »Ich hab' ihn zuerst gesehen, er ist mein!« schrie Joey.

»Da hol ihn dir doch!« höhnte Willard. »Probier es doch mal, los, oder nimm Rattengift!«

XXVII

Mack und die Jungens — Glückseligkeiten und Schönheit und Tugenden. Sie saßen im Palace Hotel und waren der hingeschleuderte Stein, der seine Kreise im Wasser zog und seine Wellen entsandte zur Cannery Row und darüber hinaus nach Pacific Grove, nach Monterey und bis hinauf zum Carmel.

»Diesmal«, versicherte Mack, »muß er unter allen Umständen seine Party bekommen. Wenn er nicht dabei ist, findet die Feier nicht statt.«

»Wo soll sie sein?« fragte Jones.

Mack kippte seinen Stuhl gegen die Wand und schlang die Füße um seine Vorderbeine. »Darüber hab' ich schon nachgedacht. Wir könnten sie ihm natürlich hier geben, aber wie soll es dann eine Überraschung werden? Er ist auch lieber bei sich zu Hause; da hat er seine Musik.« Er rollte die Augen. »Wenn ich bloß wüßte, wer ihm letztes Mal den Plattenspieler kaputtgemacht hat!« drohte er. »Aber das kann ich euch sagen: Wenn ich sehe, daß einer den Apparat auch nur mit einem Finger berührt, hau' ich ihn zu Birnenmus!«

»Ich bin dafür«, kam Hughie zur Sache, »wir geben die Party bei Doc.«

Es wurden keinerlei Nachrichten über die Feier lanciert, aber ganz Cannery Row wußte Bescheid. Keine Einladungen ergingen, und doch würde niemand fehlen. In aller Bewußtsein war der 27. Oktober rot angestrichen, und da es eine Geburtstagsfeier sein sollte, brüteten alle über Geburtstagsgeschenken.

Da waren zunächst Doras Mädchen. Alle waren sie schon im Western Laboratory gewesen, sei es, um einen Rat, eine Arznei oder eine freundliche Aussprache dort zu finden. Bei dieser Gelegenheit war ihnen aufgefallen, daß auf dem Bett nur eine abstrapazierte, zerschlissene Decke voll Flecken, Sand, Haaren, Spelzen und Grannen lag, was daher kam, daß Doc sie oft auf Streifzüge mitnahm. Eine neue zu kaufen, kam ihm nicht in den Sinn, denn wenn Geld einging, kaufte er dafür immer wieder Geräte für sein Labor oder neue Platten. Und nun wollten ihm Doras Mädchen aus lauter einzelnen Seidenresten eine neue wunderbare Steppdecke nähen. Da diese Seidenlappen teils von ihrer Unterwäsche, teils aus verschiedenen Morgen- und Abendgewändern herrührten, schillerte das Geburtstagsgeschenk in den verlockendsten Nuancen von Kirschrot, Mauve, Orchidee, Sand-, Sonne- und Fleischfarbe, und die fleißigen Mädchen arbeiteten daran am späten Vor- und frühen Nachmittag, bis die Matrosen und Fischer der Sardinenflotte hereinbrachen. Über ihrem Gemeinschaftswerk schwand alles Gezänke, alles Getratsch, wie es in einem Freudenhause sonst gang und gäbe ist.

Da war ferner Lee Chong. Der wählte aus seinen Beständen eine acht Meter lange Feuerwerksschnur und einen Sack chinesische Lilienzwiebeln. Er war überzeugt, etwas Feineres werde kein Gast als Geburtstagsgabe mitbringen können.

Sam Malloy hatte seine eigene Theorie über Antiquitäten. Er wußte: alte Möbel, Glas und Töpfe, die man zu ihrer Zeit für wertlos gehalten hatte, wurden später in einem Maße begehrt und teuer bezahlt, das in keinerlei Verhältnis zu ihrer Schönheit oder Nützlichkeit stand. Er kannte zum Beispiel einen Sessel, der es auf seine alten Tage noch bis zu fünfhundert Dollars gebracht hatte. Darum hatte sich Sam auf das Sammeln von Bestandteilen antiker Automobile verlegt und war fest davon überzeugt, seine Sammlung werde eines Tages, nachdem er daran ein Vermögen verdient, in einem der größten Museen auf schwarzen Velourskissen ruhen. Das Problem des Geburtstagsgeschenks hatte er gründlich durchdacht, sich hierauf zu seinen Schätzen begeben, die er hinter dem Wohnkessel in einer Kiste verschlossen hielt, und der Sammlung ein Prachtstück entnommen: Pleuelstange und Kolben eines 1916 Chalmers! Er rieb sie blank, daß sie wie Alabaster glänzte, verfertigte eine Schachtel in passender Größe und überzog sie mit schwarzem Stoff.

Mack und die Jungens kamen nach mancherlei Kopfzerbrechen darauf, daß Doc die Beschaffung von Katzen Schwierigkeiten machte. Daher liehen sie sich irgendwo eine läufige Katze, befestigten sie in einer Falle und stellten diese an die Zypresse am oberen Ende des leeren Platzes. Ferner errichteten sie in einem Winkel des Palace aus Draht einen Käfig, in welchem die Zahl der wütenden Kater von Nacht zu Nacht anwuchs. Jones mußte täglich zweimal alle Konservenfabriken nach Fischköpfen absuchen, um das Geburtstagsgeschenk bei Kräften zu halten. Fünfundzwanzig Kater, entschied Mack, seien bestimmt die zarteste Aufmerksamkeit, die sie Doc zu seinem Ehrentage erweisen könnten. »Aber bloß keine Dekorationen!« setzte er hinzu, »diesmal soll es eine gediegene Party werden mit möglichst viel zu trinken!«

Gay hörte sogar im Gefängnis von Salinas von dem geplanten Fest und sprach darüber mit seinem Sheriff, der ihm zu diesem Zweck einen Ausgang bewilligte. Gay war ja immer so nett zu ihm gewesen; das vergaß dieser Sheriff nicht, zumal da Neuwahlen bevorstanden und er gern wiedergewählt werden wollte. Gay war imstande, ihm eine beträchtliche Anzahl Wählerstimmen beizubringen, wenigstens behauptete er es, und da seine Entlassung noch vor dem Wahltag erfolgen sollte, hätte er das Gefängnis Salinas samt dessen Leiter leicht in übeln Ruf bringen können. Aber dazu war Gay nicht fähig. Er borgte sich nur von dem Sheriff zwei Dollars für eine Busrundfahrtkarte.

Henri, der Maler, hatte wieder eine Entdeckung gemacht. Er war dahintergekommen, daß das altmodische Nadelkissen eine einst blühende Kunstform darstellte, die er zu neuem Leben erwecken müsse. Entzückt erkannte er, welche ungeahnten Effekte sich aus farbigen Nadelköpfen herausholen ließen. Da war jedes Gemälde in steter Wandlung begriffen. Jede Umstellung der Nadeln veränderte seine Komposition. Henri war gerade dabei, eine Reihe derartiger Kunstwerke zu einer Sonderausstellung zusammenzufassen, als er von der geplanten Party vernahm. Augenblicklich ließ er die Arbeit im Stich und begann ein ebenso schwieriges wie aufreizendes Nadelkopfkunstwerk in kühlen grünen, blauen und gelben Nadeln, betitelt »Paläozoische Reminiszenz«.

Henris Freund Eric, ein gelehrter Friseur, sammelte Erstausgaben solcher Autoren, von welchen nie wieder ein zweites Buch noch eine zweite Auflage erschienen war. Sein Geburtstagsgeschenk für Doc bestand in einem Ruderapparat, den er aus der Konkursmasse eines Kunden hatte übernehmen müssen, der ihm drei Jahre lang die Coiffeurrechnung schuldig geblieben war. Die Rudermaschine war vortrefflich erhalten, denn wer benutzt schon so ein überflüssiges Möbel!

Die Verschwörung dehnte sich aus, Besuche und Gegenbesuche erfolgten, Geschenke, Getränke, Programm und Beginn wurden eingehend erörtert, doch niemand durfte Doc etwas davon verraten. Daß da irgend etwas in Gang war, was ihn betraf, konnte jedoch seinem Forscherblick nicht entgehen. Wenn er zu Lee in den Laden kam, stockte die Unterhaltung, so daß er zuerst auf die Vermutung kam, man habe etwas gegen ihn, und als ihn mindestens sieben Personen gefragt hatten, was er am 27. Oktober vorhabe, kam ihm die Angelegenheit immer merkwürdiger vor. Es war ihm völlig entfallen, daß er dies Datum als das seines Wiegenfestes genannt hatte. Damals hatte es ihn zwar interessiert, wie das Horoskop eines falschen Geburtstages aussehen werde, aber da Mack nicht mehr darauf zurückkam, hatte er es vergessen. Eines Abends betrat er ein abgelegenes Wirtshaus, in dem sein Lieblingsbier frisch angesteckt und erfahrungsgemäß wohl temperiert war. Er goß das erste Glas hinter die Binde, nahm Platz, freute sich schon auf das zweite und hörte dabei von ungefähr, wie ein Betrunkener zu dem Barmixer sagte: »Du gehst doch auch zu der Party?« — »Was für eine Party?«

Der Betrunkene beugte sich geheimnisvoll vor. »Das mußt du doch wissen: Doc, unten im Cannery Row!« flüsterte er geheimnisvoll, »das wird eine tolle Sache an seinem Geburtstag!« — »Wer kommt denn da hin?«

»Na, wir alle!«

Doc kannte weder den Betrunkenen, noch kannte dieser oder der Barmann ihn. Es freute und rührte ihn zwar, daß man seinen Geburtstag zu feiern gedachte, zugleich aber erbebte er, da er des Festes gedachte, das man ihm mit den Fröschen bereitet hatte. Und nun fiel's ihm wie Schuppen von den Augen. Macks Besuch, das jähe Schweigen bei Chong — jetzt war das Rätsel gelöst.

Als er am gleichen Abend an seinem Schreibtisch saß, ging

er lange mit sich darüber zu Rate, welche Gegenstände er vor allem unter Verschluß nehmen müsse. Er ahnte, die Party werde ihm teuer zu stehen kommen.

Am folgenden Morgen begann er mit seinen Geburtstagsvorbereitungen. Vor allen Dingen trug er seine wertvollsten Platten und alle zerbrechlichen Instrumente in ein gut verschließbares Hinterzimmer. Da er den Appetit und den Durst seiner Gäste kannte und sich schon dachte, keiner werde etwas zu essen mitbringen, und auch annahm, der Vorrat an mitgebrachten Getränken werde bald erschöpft sein, begab er sich auf den Wochenmarkt, wo er nach Rücksprache mit einem kundigen, mitfühlenden Metzger fünfzehn Pfund Steaks, zehn Pfund Tomaten, zwölf Köpfe Salat, sechs Laib Brot, eine große Büchse Nußbutter, ein Kilo Erdbeergelee, zwanzig Liter Wein und vier Liter Whisky mittlerer Güte zum 27. Oktober bestellte. Noch zwei solche Partys, sagte er sich, und mein Western Laboratory kommt unter den Hammer! Zum kommenden Ersten drohten schon Schwierigkeiten mit seiner Bank!

Inzwischen ging das Pläneschmieden im Row in einem rasenden Krescendo weiter. Wie Doc richtig vermutet hatte, dachte kein Mensch ans Essen, sondern alle an Alkohol. Die Liste der Geschenke wurde immer länger und die der Einladungen glich fast einem Einwohnerverzeichnis. Die Mädchen der Flotten Flagge diskutierten ununterbrochen die Kleiderfrage. Da sie nicht zu arbeiten gedachten, kamen die blendenden Abendkleider, die ihre Dienstkleidung darstellten, nicht in Frage. Nach endlosem Hin und Her entschied man sich für einfaches Straßenkostüm. Da Dora darauf bestand, daß ein Grundstock von Damen zur Bedienung der Stammgäste zu Hause zu bleiben habe, wurde eine Art Fahrplan entworfen, der pünktliche schichtweise Ablösung des jeweiligen Arbeitskommandos vorsah. Jene, die als erste Schicht die Party besuchen durften, wurden durch das Los bestimmt. Sie hatten den Vorzug, sehen zu können, was für ein Gesicht Doc bei Überreichung der vielfarbigen Steppdecke machen werde. Das Wunderwerk war im Eßzimmer in einen Rahmen gespannt und beinahe fertig. Mrs. Malloy hatte ihre Bettdecke für einige Zeit beiseite gelegt und statt dessen für Docs Biergläser ein halbes Dutzend Untersätzchen gehäkelt.

Die erste Erregung im Row war einer verhaltenen Spannung gewichen. Im Palace Hotel und Grillroom, im Käfig, hausten schon fünfzehn Kater. Ihr Gejaule bei Nacht machte Darling ein wenig nervös.

XXVIII

Es war unausbleiblich, daß auch der kleine Frankie von der Party vernahm. Denn Frankie wehte wie ein Wölkchen bald da-, bald dorthin, und wo ein Grüpplein tuschelnd beisammenstand, trieb es ihn in die Nähe. Niemand beachtete ihn; man schien ihn gar nicht zu sehen. Horchte Frankie? Wohl kaum. Aber er hörte etwas von einer Party und von Geschenken. In ihm schwoll und quoll ein krankhaftes Suchen und Sehnen nach Selbsterfüllung.

Im Schaufenster von Jacobs Juweliergeschäft stand der herrlichste Ladenhüter, den die Welt je gesehen: eine dunkle Onyxuhr mit goldenem Zifferblatt, aber die eigentliche Herrlichkeit war obenauf der Sankt Georg, der Drachentöter! Der Drache lag mit aufwärtsgereckten Klauen rücklings da; in seiner Brust stak Sankt Georgs Speer. Der Heilige selbst ritt mit offenem Visier in voller Rüstung auf einem dicken Gaul mit breitem Hinterteil. Der Speer nagelte den Drachen am Boden fest. Doch das höchste Wunder schien Frankie nicht dies, sondern der Umstand, daß der heilige Kämpe einen Spitzbart trug und Doc ähnlich sah.

Mehrmals in der Woche trieb es den Knaben zur Alvarado Street, wo er sich vor das Schaufenster stellte und die Herrlichkeiten betrachtete. Er kannte sie schon seit einigen Monaten. Doch seit er von der Party und den Geschenken gehört hatte, träumte er von ihrer Pracht, und im Traum glitt seine Hand über die sanfte, saftige Bronze.

Eine geschlagene Stunde stand Frankie vor der Auslage, ehe er eintrat.

»Und du?« fragte Jacob. Der flüchtige Blick, den er auf den Jungen geworfen, hatte ihm genug gesagt. Auf keinen Vierteldollar schätzte er ihn. »Was kost't das?« fragte Frankie heiser. »Was?« — »Das.«

»Die Uhr? Allein kostet sie fünfzig Dollars, mit Aufbau siebzig.«

Wortlos verließ Frankie den Laden, trollte hinunter zum Strand und kroch unter ein umgestülptes Ruderboot. Sein Blick ging über die kleinen Schaumwellen, aus denen die bronzene Schönheit emporzusteigen schien. So stark lebte sie in ihm.

Und es überkam ihn wie Raserei, er müsse die Schönheit besitzen. In seinen Augen war Todesverachtung und Wut.

Den ganzen Tag blieb er unter dem Boot. Erst am Abend kam er hervor, zog wieder zur Alvarado Street und ging da auf und ab, immerzu.

Leute kamen vom Kino oder gingen ins Kino oder ins Varieté. Frankie aber ging auf und ab und wurde nicht müde, nicht schläfrig, denn in ihm brannte die Schönheit wie Feuer.

Dünner und dünner wurde der Straßenverkehr; die parkenden Wagen, die Menschen verschwanden. Die Stadt ging schlafen.

Ein Polizist faßte Frankie ins Auge. »Was lungerst du da herum?« Frankie nahm Reißaus, floh um die Ecke und versteckte sich in dem Gäßchen hinter einer Kehrichttonne. Um halb drei Uhr nachts schlich er sich zur Ladentür von Jacob und versuchte zu öffnen. Es war geschlossen. Er ging wieder in das Gäßchen, kauerte hinter der Tonne und grübelte. Nicht weit von ihm lag ein fester Klumpen Mörtel. Den hob er auf.

Der Schutzmann berichtete nachher auf dem Polizeirevier, er habe es krachen gehört, sei sogleich vor das Geschäft gerannt, habe die Scheibe zerbrochen und den Knaben in eiliger Flucht gesehen, worauf er ihm nachgesetzt sei. Es sei ihm geradezu unverständlich, wieso der Schwächliche in solcher Geschwindigkeit und so weit habe wegrennen können. Das Gewicht der Uhr mit Bronzeaufbau betrug rund fünfzig Pfund. Der Einbrecher wäre ihm beinahe entkommen, doch geriet er auf seiner Flucht in eine Sackgasse . . .«

Am folgenden Tag rief der Polizeivorsteher bei Doc an: »Wenn Sie bitte vorbeikommen möchten, ich hätte mit Ihnen zu reden . . .«

Man führte den völlig verdreckten Frankie herein. Seine Augen waren rot, wie entzündet, aber sie zuckten nicht, und der Mund war fest. Als er Doc sah, lächelte er sogar; es war wie ein Willkommgruß.

»Was ist denn los, Frankie?« fragte Doc.

»Er hat heute nacht eingebrochen, bei Jacob, hat was geräubert. Wir haben uns mit seiner Mutter in Verbindung gesetzt. Sie hat erklärt, es geht sie nichts an; der Junge sei dauernd bei Ihnen.«

»Frankie — das hättest du nicht tun sollen«, sagte Doc bedrückt. Das Unentrinnbare lastete wie ein Stein auf seinem

Herzen. »Können Sie ihn auf meine Bürgschaft hin laufen lassen?«

»Ich glaube, der Richter wird das nicht tun«, sagte der Vorsteher. »Es liegt schon ein Gutachten über ihn vor, von der Psychiatrischen, Sie wissen doch, daß er nicht ganz —« — »Ich weiß«, sagte Doc.

»Dann können Sie sich wohl vorstellen, was aus dem Früchtchen wird, wenn er erst in die Pubertätsjahre kommt.«

»Ich kann es mir vorstellen.« Schwerer noch, schrecklich schwer drückte der Stein auf sein Herz.

»Der Arzt meinte«, erklärte der Vorsteher, »man soll ihn in eine Anstalt geben. Bis jetzt war das nicht möglich, aber nun, wo ein schweres Delikt vorliegt . . . Es ist wohl das beste.« Aus Frankies Augen war der Willkommgruß geschwunden. Er hatte den Sinn der Worte verstanden.

»Was hat er denn weggenommen?« fragte Doc.

»Eine Uhr mit Bronzestatue.«

»Ich werde den Schaden ersetzen.«

»Wir haben sie schon wieder zurückgebracht. Der Richter wird sich wohl auf nichts einlassen. Es kann jeden Tag wieder dasselbe passieren. Sie wissen doch selbst . . .!«

»Ich weiß«, sagte Doc sanft. »Aber vielleicht hatte er einen Grund. Frankie! Warum hast du das weggenommen?«

Frankie sah ihn an, lange. »Ich liebe dich«, sagte er dann.

Doc rannte hinaus, bestieg seinen Wagen und fuhr, Seetiere zu sammeln, in die Höhlen unter Point Lobos.

XXIX

Am 27. Oktober nachmittags um vier tat Doc noch eine Qualle, die letzte, in einen Konservierungszylinder, spülte den Formalintiegel aus, reinigte seine Pinzetten, puderte die Gummihandschuhe, zog sie aus, ging in den ersten Stock, fütterte seine Ratten, versorgte das Mikroskop und die besseren Platten im Hinterzimmer und sperrte ab, denn es war schon vorgekommen, daß Gäste, die einen sitzen hatten, mit den Klapperschlangen spielen wollten. Durch diese und andere vorbeugende Maßnahmen hoffte Doc, ohne der Festesfreude Abbruch zu tun, die mörderischen Auswirkungen der Party auf ein Mindestmaß herunterzudrücken.

Er setzte Kaffee auf, ließ auf dem Plattenspieler die Große Fuge ertönen, nahm eine Dusche, und dies in solcher Geschwindigkeit, daß er, ehe noch die Fuge zu Ende war, frisch angezogen bei seiner Tasse Kaffee saß und zum Fenster hinaus über den leeren Platz zum Palace hinauf sah.

Nichts regte sich. Doc wußte nicht, wer und wie viele ihn heute besuchen würden; er wußte nur eines: er wurde beobachtet; schon die ganzen letzten Tage hatte man auffallend unauffällig jeden seiner Schritte verfolgt. Es stand also eine Überraschungsparty bevor. Er war bereit, sich überraschen zu lassen und sich bis dahin so zu verhalten wie an irgendeinem beliebigen Tag.

Er ging demzufolge hinüber zu Lee Chong und kaufte zwei Liter Bier. Eine gewisse Erregtheit, fernöstlich gedämpft, erfüllte den Laden. Aha! dachte Doc, die kommen also auch, begab sich ins Laboratorium zurück, trank das erste Glas Bier gegen den Durst und das zweite zum puren Vergnügen. Platz und Straße lagen noch immer verlassen.

Mack und die Jungens saßen im Palace. Die Tür war geschlossen. Schon seit Mittag dampfte und brodelte auf dem blinkenden Ofen der Wasserkessel, denn die fünf wollten der Reihe nach baden. Zum Schluß erhielt auch Darling ihr Bad und obendrein ein rotes Band um den Hals.

»Wann wollen wir zu ihm hinüber?« erkundigte sich Hazel.

»Nicht vor acht«, ordnete Mack an, »wir könnten aber vorher ruhig eine kleine Herzstärkung zu uns nehmen; dagegen wäre nichts einzuwenden.«

»Soll ich nicht auch für Doc ein Fläschchen abfüllen und ihm bringen?« fragte Hughie, aber Mack fand das überflüssig. »Er hat sich eben bei Lee Bier geholt.«

»Ob er etwas ahnt?« fragte Jones. »Ausgeschlossen!« rief Mack. In der Ecke im Käfig entstand zwischen zwei Katern ein Streit, den die übrigen mit Katzenbuckeln, Gemaunz und Gejaule begleiteten. Es waren ihrer nur einundzwanzig. Mehr Liebhaber hatte die läufige Katze nicht anzuziehen vermocht.

»Wie wir bloß das ganze Viehzeug hinüberschaffen?« überlegte Hazel. »Den Mordskäfig bringt man doch nicht durch die Tür!«

»Er soll nicht hinüber«, bestimmte Mack, »denkt an die Frösche! Wir werden es Doc nur sagen; dann soll er sie sich selber abholen!« Er stand auf und öffnete einen von Eddies Krügen. »Nehmen wir einen zur Stärkung; das wärmt!«

Kurz nach halb sechs schlappte der alte Chinese vom Hügel herab am Palace vorbei, kreuzte die Straße und verschwand zwischen Hediondo Ltd. und Western Laboratory.

Doras Mädchen machten sich ausgangsbereit. Die »Bordwache« war bereits mittels Strohhalmen ausgelost. Ablösung sollte jede Stunde erfolgen. Dora sah einfach pompös aus. Das frisch gefärbte Orangenhaar türmte sich in unzähligen Locken auf ihrem Haupte. Sie trug ihren Ehering, am Busen eine großmächtige Brillantbrosche und war in ein Weißseidenes mit schwarzem Bambusmuster gehüllt. In den Schlafzimmern ging es ganz anders zu als gewöhnlich. Während die »Bordwache« in die üblichen langen Abendkleider gehüllt war, trugen die Dienstfreien kurze bedruckte Kostüme, die ihnen reizend standen. Die Steppdecke lag fix und fertig in einem Pappkarton in der Bar. Nur der Nachtwächter war übler Laune, denn er sollte laut höherer Anweisung nicht auf das Fest. Das Haus durfte nicht ohne Aufsicht bleiben.

Trotz dem Verbot hatte jedes Mädchen ein Viertelfläschchen zu sich gesteckt und lauerte auf die erste Möglichkeit, um sich für die Party zu stärken.

Dora rauschte in ihr Privatbüro und verschloß hinter sich die Tür. Hierauf schloß sie den Rollverschluß ihres Sekretärs auf, entnahm der obersten Lade ein Glas und die Whiskyflasche und goß sich ein. Mit leisem Geklingel stieß die Flasche ans Whiskyglas.

Ein Mädchen, das Ohr am Schlüsselloch, hörte das Klingen und gab den anderen ein Zeichen. Jetzt konnte sie nicht mehr riechen, ob eine getrunken hatte.

Die Mädchen stürzten sich in ihre Kammern und sogen an ihren Whiskyfläschchen.

Dämmerung senkte sich über Cannery Row, die graue Frist zwischen dem Licht des Tages und dem der Laternen. Phyllis Mae spähte zwischen den Vorhängen des Empfangszimmers nach ihrem Gegenüber. »Siehst du ihn?« fragte Doris. »Ja. Er hat schon Licht. Ich glaub', er liest. Nein, was der alles zusammenliest? So muß er sich doch die Augen verderben. — Eben trinkt er!«

»Na also! Da können wir ja auch noch eins kippen.«

Phyllis Maes Bein war zwar noch etwas steif, aber im übrigen war Phyllis so gut wie neu und fühlte sich so stark wie der gesamte Stadtrat von Monterey. »Komisch! Jetzt sitzt er da drüben und hat keine Ahnung, was ihm heut noch beschert wird!«

»Schade, daß er niemals gemütlich zu uns herüberkommt«, sagte Doris betrübt.

»Es gibt viele, die wollen nichts zahlen«, belehrte Phyllis, »sie denken, sie kommen bei feinen Damen billiger weg, aber das bilden sie sich bloß ein.«

»Wenn er sie liebt . . .?«

»Liebt, wen?« — »Die Weiber, die ihn besuchen kommen.«

»Möglich. Ich war ja auch schon bei ihm. Aber meinst du, er hätte mich auch nur angerührt?«

»Er hat halt nicht gewollt. Aber vielleicht, wenn du nicht hier arbeiten würdest, hätt' er dich mit aller Gewalt nicht 'rausgelassen.«

»Glaubst du, er ekelt sich vor unserem Beruf?«

»Aber nein! Er meint vielleicht nur, eine im Puff hat kein Herz.«

Die Mädchen nahmen noch ein Schlückchen; auch Dora in ihrem Büro goß sich noch einmal ein, trank aus, stellte die Flasche zurück, schloß ihr Rollpult, musterte ihre untadelige Frisur in dem Wandspiegel, beaugenscheinigte ihre rot leuchtenden Nägel und begab sich zur Bar.

Alfred, der Herausschmeißer, war beleidigt. Er ließ sich's nicht merken; man sah's ihm nicht an, aber er war beleidigt. Dora sah kühl über ihn weg. »Jetzt denkst du wohl, dir geschieht ein Unrecht«, sagte sie nach längerem beiderseitigem Schweigen.

»Nein. Ist schon gut«, gab Alfred kurz zurück.

»Ist schon gut, ha!« lachte Dora betroffen auf, »das ist ja gut! Ich denk', du bist bei mir in Stellung, Mister Alfred. Wenn dir's nicht mehr paßt, brauchst du es nur zu sagen.«

»Ist ja gut, ich sag' ja nichts, machen Sie doch keine Geschichten!« Er stützte sich mit den Ellenbogen auf den Bartisch und betrachtete sich im Spiegel. »Gehen Sie und amüsieren Sie sich, ich pass' schon auf alles auf, da brauchen Sie keine Angst zu haben.«

Seine Entsagung erweichte Dora. »Sieh, Alfred«, redete sie ihm gut zu, »es ist mir unangenehm, wenn das Haus ohne männlichen Schutz ist. Wenn irgendein Saufaus den Koller bekommt, wissen die Kinder nicht ein noch aus. Der Abend ist ja noch lang. Später kannst du dann 'rüberkommen und das Haus vom Fenster aus unter Augen behalten. Wenn was passiert, bist du dann gleich zur Hand. Bist du jetzt zufrieden?"

»Ja. Ich möchte schon gern dabeisein.« Doras Erlaubnis ließ seinen Unwillen schmelzen. »Ich komm' dann später auf einen Sprung. Gestern abend der Kerl, das war wirklich ein hundsgemein besoffenes Schwein, und weißt du, Dora, seit ich neulich dem alten Krakeeler das Steißbein gebrochen habe, kann ich mich manchmal nicht recht beherrschen, ich bin meiner nicht mehr sicher. Mal werde ich einen fertigmachen und geschnappt werden.«

»Dir täte eine Erholung gut, Fred. Vielleicht bekomme ich Mack dazu, daß er dich vertritt; dann kannst du ein paar Wochen ausspannen.« Sie war eine wundervolle Madam, ja, das war Dora.

Im Laboratorium setzte Doc auf das Bier einen kleinen Whisky. Er fühlte sich schon leicht angeheitert. Er freute sich jetzt auf das Fest. Er fand den Gedanken so nett. Er spielte die »Pavane für eine tote Prinzessin« und wurde darüber so schwermütig, daß er mit »Daphnis und Chloe« fortfuhr. In diesem Musikstück kam eine Stelle vor, die ihn an etwas anderes erinnerte: die Schlacht von Marathon ... Athenische Kundschafter meldeten, eine mächtige Staubwolke wälze sich über die Ebene, und aus der Wolke vernahmen sie das Klirren von

Waffen und hörten den Kriegsgesang von Eleusis. Daran erinnerte ihn jene Passage.

Er trank noch einen und überlegte sich, welches der »Brandenburgischen Konzerte« er auflegen sollte; er mußte diese süß sentimentale Stimmung vertreiben! Muß? Warum muß? Was ist an sentimentaler Süßigkeit unrecht? Wenn sie mir schmeckt? Und sie schmeckt mir. »Ich spiele, was mir gefällt!« rief er laut. »Ich spiele, wenn mir's behagt, *Clair de lune* oder *Als Büblein klein an der Mutter Brust*. Ich bin ein freier Mann!« trotzte er und trank noch einen und versöhnte sich mit sich selbst und spielte die »Mondscheinsonate«. Er sah die Neon-Laufschrift von La Ida auf und ab blinken. Dann ging die Straßenlaterne vor Dora an. Ein Schwarm dicker brauner Käfer flatterte gegen das Licht, plumpste zu Boden, zappelte mit den Beinchen und tastete mit den Fühlern herum. Ein Katzenfräulein strich einsam die Dachrinne entlang und suchte ein Abenteuer. Sie wunderte sich, was aus all den Katern geworden war, die ihr die Nächte süß und das Leben schmackhaft gemacht hatten.

Mr. Malloy spähte auf Händen und Füßen aus seiner Kesseltür, ob noch niemand zur Party gehe. Im Palace saßen die Jungens voll Ungeduld, die Augen gebannt auf die Zeiger der Weckuhr gerichtet.

XXX

Obschon die Wesensergründung von Partys erst in ihren Anfängen steckt, besteht nirgends ein Zweifel darüber, daß die Party ein Individuum ist, und zwar ein recht verschrobenes Individuum. Auch darüber sind die Gelehrten sich einig, daß keine Party planmäßig verläuft, mit Ausnahme natürlich jener traurigen Veranstaltung berufsmäßiger Einladungsbestien, doch sind dies eigentlich keine Partys, sondern vielmehr Vorgänge, Akte, in keiner Hinsicht spontaner als der Verdauungsakt und nicht interessanter als dessen Produkt.

Vermutlich gab es im Cannery Row niemanden, der nicht im Geiste Docs Party vorausgelebt hätte: frohe Begrüßung, Glückwünsche, Staunen, Jubel, Lärm, Lachen und Herzlichkeit. Stimmte alles nicht.

Um acht Uhr präzis nahmen Mack und Genossen, geschniegelt und gebügelt, ihre Krüge auf, marschierten über Hühnersteig, Schienenstrang, leeren Platz, Ölsardinenstraße die Treppe zum Western Biological hinauf und waren scheußlich verlegen. Als Doc die Tür öffnete, hielt Mack eine kleine Ansprache. »Sie haben doch heute Geburtstag, und da dachten ich und die Jungens, wir wollen gratulieren, wir haben auch ein Geschenk, einundzwanzig Kater —" Hier blieb er stecken. Wie verirrt standen die fünf auf der Treppe.

»Wollt ihr nicht eintreten?« sagte Doc. »Ich, ich bin ja ganz überrascht, ich hab' gar nicht gewußt, daß ihr wißt, daß ich Geburtstag habe.« — »Es sind lauter Kater«, erklärte Hazel, »wir haben sie bloß nicht mitgebracht.«

Steif saßen sie im Zimmer links. Es herrschte ein längeres Schweigen, bis Doc das Wort ergriff: »Na, jetzt wo ihr schon hier seid, wie wäre es mit einem kleinen Trunk?« — »Wir haben ein Schlückchen mit«, erklärte Mack und wies auf drei Fünfliterkrüge mit den Resultaten von Eddies Alkoholsammlung. »Ganz ohne Bier drin«, bemerkte Eddie dazu mit Genugtuung.

»Nein, das kann ich nicht zugeben«, zierte sich Doc, »aber ich habe per Zufall ein bißchen Whisky; das müßt ihr mit mir trinken!«

Sie saßen sehr förmlich und nippten vornehm am Whisky,

als Dora mit ihren Damen angerückt kam. Die Steppdecke trugen sie vor sich her. Doc breitete das Wunderwerk über sein Bett; es war eine wahre Pracht.

Auch die Damen genehmigten einen kleinen Drink.

Es folgten Mr. und Mrs. Malloy mit ihren Geschenken. »Die wenigsten Leute haben eine Ahnung, was für einen Wert diese Sachen da noch einmal haben werden«, erläuterte Sam Malloy und packte den Kolben und die Pleuelstange aus. »Davon gibt es auf der ganzen Welt höchstens noch zwei Exemplare.«

Nun strömten die Gäste. Henri brachte sein Nadelkissengemälde, Format sechzig mal achtzig, und wollte schon einen Vortrag über diese neue Kunstrichtung vom Stapel lassen — aber da war schon das Eis der Förmlichkeiten gebrochen. Gay kam mit seiner Frau; Lee überreichte acht Meter Feuerwerksschnur und die chinesischen Lilienzwiebeln. Gegen elf fraß ein Gast die Zwiebeln; die Feuerwerksböller hielten ein bißchen länger. Aus La Ida erschien eine Gesellschaft, die den übrigen nur vom Sehen bekannt war.

Die Party verlor ihre Steifheit. Dora thronte auf einem erhöhten Sitz, ihr Orangenhaar flammte. In der Rechten hielt sie ihr Whiskyglas, den kleinen Finger vornehm abgespreizt. Sie hatte ein scharfes Auge auf ihre Mädchen und gab acht, daß sie sich benahmen. Doc legte eine Tanzplatte auf den Apparat und begab sich darauf in die Küche, um Steaks zu braten.

Der erste Krach verlief mustergültig. Einer von der La-Ida-Gruppe machte einer von Doras Damen ein unmoralisches Angebot. Auf ihren Protest hin setzten Mack und die Jungens, empört über diesen Hausfriedensbruch, den Fremdling rasch vor die Tür, ohne ihm einen einzigen Knochen im Leib zu zerbrechen, ein Meisterstück, das allgemein höchlichst bewundert wurde.

Doc briet die Steaks an Spießen, schnitt Tomaten in Scheiben und baute einen hohen Brotschnittenturm. Er fühlte sich glücklich und war beruhigt, denn Mack führte in eigener Person die Aufsicht über den Plattenspieler. Er hatte ein ganzes Album Benny Goodmanscher Trios entdeckt; der Tanz begann, und die Party gewann an Breite und Tiefe. Eddie steppte solo im Nebenzimmer.

Doc hatte neben sich auf dem Herd eine Pinte Whisky stehen. Mit jedem Schluck fühlte er sich wohler. Das Fleisch, das er bald darauf auftrug, bildete dann eine der größten Überraschungen der Überraschungsparty. Natürlich hatte kein Mensch Hunger, so daß die Platten im Nu geleert waren.

Das reichliche Mal versetzte alle in einen Zustand besinnlicher Verdauungsmelancholie. Der Whisky war schon vertilgt, Doc kredenzte den vorsorglich besorgten Wein.

»Doc«, tönte Doras Stimme vom Thron herab: »Spiel uns doch etwas von deiner schönen Musik. Drüben von unserem Musikautomaten wird mir übel und weh!«

Da ließ Doc Monteverdis »Ardo« und den »Amor« erklingen. Die Gäste saßen still; ihre Augen schienen nach innen gekehrt. Dora trank Schönheit. Zwei Nachzügler kamen auf Zehenspitzen die Treppe herauf und verharrten lautlos beim Eingang. Doc lauschte in golden verklärter Melancholie.

Die Töne verklangen. Die Gäste saßen in tiefem Schweigen. Doc entnahm seinen Regalen ein Buch, schlug es auf und las mit wohlklingender, tiefer Stimme die Verse:

Immer noch
Erwacht in mir der Zitronenbrüstigen Bild.
Wenn in goldenen Tinten das blühende Nachtgefild
Aller Sterne ob ihrem Antlitz zieht
Und ihr Leib ganz in Flammen blüht,
Der Liebe Speer in der Wunde glüht,

O du Frischeste, du mein Liebeslied —   [im Schnee.
Dann brennt glühend mein Herz, läg's auch begraben

Immer noch,
Käme mein lotosäugiges Mädchen mir wieder,
Von Liebe schwer ihre sanften Glieder,
Immer noch böt' ich ihr dar
Meiner Arme dürstendes Zwillingspaar
Und tränke von ihrem Munde den schweren Wein,
Wie summend die Biene im flüsternden Hain
Raubt der Seerosen Honigseim.

Immer noch
Läge ich da mit Augen weit offen,
Aus den Wangengrübchen steigt Freude, Erhoffen
Malt rosig ihr Ohr und bleich ihre Stirn,
Denn mein Fieber ist ferne wie fernster Firn.
Würd' meine Liebe doch zu ihr hinfinden,
Sie fesseln mit ihren Blumengewinden,
Wie Nacht an die Brüste des Tages sich saugt.

Immer noch
Kreisend in meinem Blick, der vergeht,
Ihr schwindend Gesicht immer neu ersteht.
O golden Gelock, an der Wangen Folie
Geschmiegt, ein Blütenblatt der Magnolie —
In das schmiegsamste Pergament schreibe ich,
Was auf den Lippen brennt, dichte ich dir
Sonette von Küssen, bis ich erschöpft vom Reimen.

Immer noch
Malt sich mir Liebestod im Lidergeflacker dieses Weibes,

In dem scheuen Schauen und der Hinfälligkeit des Leibes,
Wenn gebrochen ich von dem Weh der Lust
Fühlte der Brüstlein roten Blust,
Wie ahnte ich mich da geborgen,
Am urewigen Quell gestillt meine Sorgen
Wie an den Purpurlippen, da sie mich noch tränkten.

Immer noch
Sickert mir zu ihre Schwäche aus diesen zwei Bronnen
Wie ihre Stärke vorher. Tief versonnen
Gleich in Silber verketteten Koboldssklaven
Klinkern die Lider. Aber es hat
Doch keinen Prinz aus einer versunkenen Stadt
Wie in feindlichen Hafen sie in sein grimmes Bette geführt.
Ferne Einsame du, nur im Traum erspürt,
Umschließt du mich wie ein Gewand, mein Kind.

Immer noch
Lieb' ich das seidige Kosen deiner schwarzen Blicke,
Ihrer wechselnden Wellen wechselnde Geschicke,
Ihrer süßen Schatten huschendes Steigen,
Auf und Nieder bezaubernder Reigen,
Den frischen Mund, ihren duftenden Hauch,
Das Haar, das wirr ist wie webender Rauch,
Und die Finger, die wie über Wellen tasten.

Immer noch
Gedenk' ich, wie es schmeichelnd mir Antwort war,
Wenn die Seelen sich einten. Deine Hand tauchte in meinem
Und ich sog Erinnern von deinen Lippen,   [Haar,
So sank der Mond hinter Meeresklippen,
Und sah die Priesterin von Rati liebessatt

Unter güldener Lampe auf schwellender Lagerstatt
Hinsinken, um zu schlafen . . .*

Ungehemmt flossen Phyllis Maes Tränen, als Doc innehielt.
Doras Taschentuch tupfte an ihre Augen. Hazel war so von
dem Klingen der Verse benommen, daß er auf ihren Sinn nicht
geachtet hatte. Doch über alle war ein weniges von der Schwer-
mut der Erde gerieselt. Jeder gedachte einer entschwundenen
Liebe, jeder an ein Verlangen, das einmal war.

Mack sagte: »Jesus, ist das schön! Ich mußte dabei an eine
Dame denken —« Er ließ den Satz unvollendet.

Sie füllten die Gläser mit Wein und fühlten Beruhigung in
ihren Herzen. Die Feier entglitt in süße Traurigkeit. Eddie
tanzte im Nebenzimmer noch einen Solostep, kehrte zurück
und nahm wieder Platz. Die Party stand im Begriff, sich
niederzulegen und einzuschlafen, als auf der Treppe sich ein
Gepolter erhob und eine rohe Stimme schrie: »Wo sind die
Mädchen?«

Fast glücklich sprang Mack auf und ging zur Tür. Auch die
Gesichter von Hughie und Jones waren von freudigem Lächeln
erhellt. »An was für Mädchen denken die Herren?« fragte
Mack sanft.

»Das ist doch ein Puff, nicht wahr? Der Chauffeur hat uns
gesagt, die Menscher wären hier.«

»Ein kleiner Irrtum, Mister«, klärte Mack den Mann auf;
seine Stimme klang wohlgemut.

» Ja, was sind denn das für Menscher, die da?«

Ein Kampf entspann sich. Es war die Mannschaft eines Thunfischdampfers von San Pedro, lauter kampferprobte und harte
Gesellen. Beim ersten Ansturm hatten sie die vorderste Front
der Palace-Clique durchbrochen. Doch schon hatten Doras

---

* »Schwarze Ringelblume«, aus dem Sanskrit übersetzt von Rybáková.

Mädchen sich einen Schuh ausgezogen — wer sagt jemals noch ein abfälliges Wort gegen spitze Absätze? Mitten im wütenden Handgemenge hämmerten die Mädchen damit gegen jeden, der ihnen nahte. — Dora war in die Küche gesprungen und schwang, im Nu zurückgekehrt, wutschnaubend den Küchenschleifstein in beiden Händen. Doc aber ergriff geistesgegenwärtig Sam Malloys antike Pleuelstange mit Kolben.

Es war eine prachtvolle Schlacht. Da Hazel ausglitt, bekam er zwei in die Visage, ehe er wieder auf beiden Beinen stand. Krachend stürzte der Franklin-Ofen zusammen.

In einer Ecke zusammengedrängt, verteidigten sich die Eindringlinge mit schweren Folianten, die sie den Büchergestellen entnahmen, aber Schritt für Schritt gewannen Docs Freunde an Boden. Die beiden Frontfenster gingen in Trümmer.

Dieser glückliche Umstand brachte den Sieg. Denn nun vernahm Alfred den Lärm, eilte herbei und griff den Feind mit einem Baseballschlagholz im Rücken an. Über die Treppe wogte der Kampf und tobte über die Gasse hinüber zum leeren Platz. Die Eingangstür hing wieder nur in einer einzigen Angel. Docs Hemd war zerfetzt; von seiner schlanken Schulter tropfte das Blut einer Kratzwunde.

Die Feinde waren bereits bis in die Mitte des Platzes gedrängt, als Polizeisirenen ertönten. Kaum fand die Geburtstagsgesellschaft Zeit, zurück ins Labor zu stürzen, die Lichter zu löschen, als schon ein Polizeiwagen um die Ecke flitzte. Die Cops fanden den Kampfplatz leer und verödet. Während die Gäste im Finstern selig kichernd und trinkend beisammenhockten, zog das Aufgebot unverrichteterdinge ab.

In der Flotten Flagge erfolgte die erste Ablösung. Das neue Kontingent jubelte in bacchantischer Lust durch Docs Haus. Jetzt wurde die Party erst richtig. Die Cops kamen noch einmal, revidierten das Haus, befeuchteten ihre durstigen Kehlen und hielten mit. Unterdessen nahmen Mack und die Jungens das Polizeiauto, fuhren damit zur Schenke von Jimmy Bruscia und kehrten mit Wein und Jimmy zurück.

Von einem bis zum anderen Ende der Cannery dröhnte der Höllenlärm, und bald wies die Party alle Merkmale eines Volksaufstands auf; Doc dachte unwillkürlich an Barrikadenkämpfe. Die Mannschaft des Thunfischdampfers kehrte demütig wieder und wurde auf ihre Bitten hin in den fröhlichen Kreis aufgenommen, ja, es fehlte sogar nicht an Umarmungen und Stimmen lauter Bewunderung ihres heroischen Kampfesmuts. Eine Dame, die fünf Straßen weiter wohnte, beschwerte sich telefonisch bei der Polizei über die nächtliche Ruhestörung, ersuchte um Hilfe, die man ihr aber nicht schickte. Die Cops meldeten dem Revier, ihr Auto sei leider gestohlen. Es fand sich später unten am Strand.

Mit untergeschlagenen Beinen und stillem Grinsen saß Doc auf seinem Tisch und spielte auf seinen Knien Klavier. Mack und Phyllis führten einen indianischen Ringkampf auf, und durch die zerbrochenen Fenster blies laulich vom Meerbusen her der Nordwest. Diesen Moment hielt einer der Anwesenden für geeignet, in der Bibliothek die acht Meter lange Böllerschnur anzuzünden.

XXXI

Ein stattliches Erdhörnchen geriet auf den leeren Platz in der Straße der Ölsardinen und wühlte sich dort in der Malvenwildnis tief in das schwarze lockere Erdreich. Es war ein idealer Aufenthaltsort. In frischem tiefem Grün wucherte die Wildmalve und stellte in der Zeit der Reife ihre blühenden

Käslein verführerisch aus. Der Boden war gerade richtig, nicht zu knollig und nicht zu krümelig; die unterirdischen Gänge brachen nicht ein. Das Erdhörnchen hatte immer die Backentaschen voll Futter, wurde rundlich und glatt; seine Öhrlein waren sauber und wohlgeformt und die Augen so schwarz wie Nadelköpfe aus Jett, hatten auch just das gleiche Format. Die Vorderbeine mit den Wühlhändchen waren kräftig; auf dem Rücken glänzte das Fell braun, und auf der Brust schimmerte es schön weich wie bei einem jungen Reh. Die Zähne waren lang, gelb und gekrümmt, der Schweif buschig — kurz, es war ein prächtiges Hörnchen in seines Lebens Maienblüte.

So war es vom Land auf den leeren Platz gelangt, und da es ihn für gut befand, begann es seinen Bau bei einer kleinen Erhebung, von der herab es sich des schönsten Durchblicks durch die Malven auf Cannery Row erfreute, Lastwagen auf der Straße sehen konnte und die Beine von Mack und den Jungens, wenn diese über den Platz zum Palace Hotel emporstiegen. Es wühlte sich tiefer und tiefer in die kohlschwarze Erde und wurde immer zufriedener, denn unter dem Humus gab es stattliche Felsen. Wenn es seine Vorratskammer im Schutze dieses Gesteins anlegte, durfte der Regen noch so toll niederprasseln — er schwemmte den Keller nicht weg. Wahrlich, es war ein Platz wie geschaffen zur Niederlassung. Hier konnte man Kinder und ganze Tochterfamilien in die Welt setzen und den Bau nach allen Richtungen hin erweitern.

Als es zum erstenmal den Kopf aus der Höhle steckte, ging eben die Sonne auf, und ihre Strahlen rieselten grün durch die Malven bis in das Erdloch, darinnen sich das Hörnchen behaglich dehnte und reckte.

Nachdem es die große Vorratskammer mit den vier Notausgängen gegraben hatte, fing es an, Vorräte anzulegen. Es biß nur einwandfreie Malvenstengel ab, gab ihnen genau die erforderliche Länge und stapelte sie auf, daß sie weder in Gärung gerieten noch sauer werden konnten.

Auf Streifzügen hatte das Hörnchen noch weitere Vorzüge der neuen Wohnung entdeckt. Es gab weit und breit keine Gärten, so daß niemand imstande war, ihm Fallen zu stellen. Katzen gab es, sogar in Menge, aber sie stopften sich derart mit Fischköpfen und dem Abfall aus den Konservenfabriken voll, daß sie längst aufs Jagen verzichtet hatten. Der Boden war genügend porös, daß das Wasser nie stockte, und so arbeitete denn der Erdhörnchenjüngling, bis seine Vorratskammer gefüllt war. Danach legte er Seitenkämmerlein an, mehr und mehr. Hier sollten einmal die Kinder und Enkel hausen; in einigen Jahren konnten es Tausende sein. Seine Nachkommenschaft sollte sich von dem alten gemütlichen Stammhause aus nach allen Richtungen ausbreiten!

Erst als die Brunstzeit nahte, wurde er ein wenig ungeduldig. Es ließ sich kein Weibchen blicken. Am Morgen saß er im Höhleneingang und stieß ein durchdringendes Gequieke aus — menschlichen Ohren unhörbar, doch deutlich bis tief in den Schoß der Erde für andere Hörnchen vernehmbar. Aber noch immer erschien kein weibliches Wesen.

Schließlich im Schweiße der Ungeduld rannte er auf der ganzen Parzelle herum, bis er an einen anderen Erdhörnchenbau geriet. Er guckte hinein und quiekte und lockte. Er hörte ein Rascheln, witterte Weibchenduft, und auf einmal schoß aus dem Loch ein schreckliches altes Riesenerdhorn hervor; das biß und malträtierte ihn derart, daß er sich nur noch mit Mühe nach Hause in seine Hauptkammer schleppte. Er brauchte drei Tage Erholung. An seiner Vorderpfote fehlten seit jenem Abenteuer zwei Zehen.

Und wieder harrte und quiekte er vor seinem herrlichen Bau

in der herrlichsten Gegend, doch was er ersehnte, wollte nicht kommen.

Nachdem er noch einige Zeit gequiekt hatte, zog er aus. Er zog zwei Straßen weiter den Hügel hinauf in einen Dahliengarten, in dem es Erdhornweibchen gab und man jede Nacht Fallen aufstellte.

XXXII

Docs Erwachen erfolgte etwa so langsam und schwerfällig wie das Auftauchen und Herausklettern eines schweren Dicken aus einem Schwimmbassin. Immer wieder taumelte sein Bewußtsein unter die Oberfläche zurück. In seinem Bart haftete roter Lippenstift. Er tat ein Auge auf; die Farbenpracht seiner Steppdecke sprang hinein — da schloß er es schleunigst wieder. Als er es etwas später abermals öffnete, drückte sein Blick sich an der Decke vorbei und stieß in der Zimmerecke auf den zerbrochenen Spiegel, prallte von da zurück zu dem umgestülpten Tisch, in dessen Rund Trinkgläser ruhten, zu dem über den Boden verspritzten Wein und zu den Büchern, die da wie gefallene Engel lagen.

Fetzen zerknitterten roten Papiers waren im ganzen Zimmer verstreut, es roch nach Feuerwerksböllern. Durch die Küchentür sah er die Teller mit Beefsteakresten kunterbunt aufeinandergetürmt, die Spieße mit Talg überzogen. Hunderte von Zigarettenstummeln lagen zertreten am Boden. In den Feuerwerksgestank dufteten nicht viel feiner Whisky- und Weinreste und allerhand Parfüms. Einen Moment verweilte sein Blick auf einem Häufchen Haarnadeln.

Er drehte sich auf die Seite, stützte sich auf den Ellenbogen und sah zum zerbrochenen Fenster hinaus. Cannery Row lag friedlich besonnt. Die Wohnkesseltür war offen, der Palace-Eingang geschlossen. Zwischen dem Unkraut des leeren Platzes schlief ein Mann friedlich. Die Flotte Flagge war zu. Doc stand auf. Auf dem Weg zur Toilette steckte er in der Küche den Gasboiler an.

Er saß auf dem Bettrand, zog die Strümpfe über die Zehen und hörte, während sein Blick auf dem Trümmerwerk ruhte, von der Oberstadt her das Geläute der Kirchenglocken. Als das Wasser im Boiler zu sieden begann, ging er ins Bad, nahm eine heiße Dusche, rieb sich ab, zog ein Flanellhemd und Jeans an und ging über die Straße. Lee Chong hatte geschlossen, sah jedoch, wer vor der Tür stand, öffnete und entnahm seinem Eisschrank, ohne zu fragen, zwei Flaschen Bier. »Wa' es schön?« fragte er, als Doc bezahlte.

»Sehr schön«, antwortete dieser, kehrte mit dem Bier in sein Labor zurück, bestrich zwei Brote mit Nußbutter und verzehrte sie zu dem kühlen Morgentrunk.

In tiefer Ruhe lag die Straße. Kein Mensch kam vorüber. In seinem Schädel hörte Doc eine Musik wie von Bratschen und Celli. Er aß, trank und lauschte, ging, als er fertig war, in die Küche, machte den Ausguß von Tellern und Platten frei, ließ heißes Wasser laufen, schüttelte Seifenflocken hinein, daß der weiße Schaum aufwallte, las alle unzerbrochenen Gläser zusammen und stellte sie in das Seifenwasser. Die Teller voll Soßeresten und Fett stapelte er auf dem Herd zusammen und machte auf dem Küchentisch Platz für frisch gewaschene Gläser. Hierauf schloß er die Tür des vorsorglich gehüteten Hinterzimmers auf und holte von dort ein Album gregorianische Kirchenmusik.

Er legte ein Paternoster und Agnus Dei auf und schaltete ein. Körperlos reine, angelische Stimmen erfüllten das Labor mit unsäglicher Süßigkeit. Dabei setzte Doc seine Arbeit fort, sorgte jedoch behutsam dafür, daß die Gläser nicht gegeneinanderklirrten und die Musik nicht beeinträchtigten. Die Knabenstimmen trugen die Melodien hinauf und hinab, schlicht und einfach und dennoch in einer Fülle, wie sie keinem anderen Gesang innewohnt. Als die Platte zu Ende war, trocknete Doc sich die Hände und stellte ab. Dabei gewahrte er das Buch.

Es war halb unter sein Bett geraten. Er hob es auf und ließ sich damit auf dem Bettrand nieder. Erst las er für sich, bald aber bewegten sich seine Lippen. Dann las er laut. Langsam, nach jeder Verszeile innehaltend, sprach er die Worte:

Immer noch
Ist es wie Kommen und Reden von Weisen auf hoher Warte,
Die ihre Jugend versinnen. O wie ich harrte
Vergebens! Meines Mädchens Gekose, wie war es weiser
Vor dem Einschlafen, wenn sein Gemurmel leiser
Die Farben vermengte und
Es kleine weise Worte und witzige Worte versprengte,
Wie Wasser vertaut, auch das geweihte.

Im Ausguß der weiße hohe Schaum kühlte ab, die Blasen tickten beim Zerplatzen. Unter den Stützpfeilern des Vorbaus warf eine Springflut die klatschenden Wellen hoch wie seit langem nicht.

Immer noch
Dünkt mich, ich liebe Rosen, Zypressen,
Weitsichtig Gebirg und niederer Hügel Vergessen,
Das Rauschen der See. Nie aber war ich so reich,
Als fremdartige Augen kamen und Hände, Maifaltern gleich,

Und früh schon war es, da der Zauber begann.
Lerchen hoben sich hoch aus dem Thymian,
Und Kinder kamen baden im Silberwasser.

Immer noch
Dünkt mich, ich habe den heißen Geschmack aus dem Leben
Grüngoldne Pokale hob ich beim Fest   [gepreßt,
Nur für kurze vergeßne versunkene Zeit,
Dann hatte ich Tränen, mein Mädchen war weit,
Doch ewiges Licht strömte aus ewigem Wort.

Er fuhr sich mit der Hand über die Augen. Und es hetzten und huschten die weißen Ratten in ihren Käfigen, und hinter dem Glas ihrer Gelasse ruhten die Klapperschlangen sehr still. Ihre verschleierten Augen starrten düster ins Weite

John Steinbeck

Das Tal des Himmels

Ullstein Buch 128

Die Geschichte eines Tales in Nordkalifornien, dessen Anblick für viele Menschen eine Verheißung war. Doch auch diesem gesegneten Streifen Land bleiben Haß und Liebe nicht fremd, und um die fruchtbaren Hügel streift mancherlei Versuchung und Gefährdung. Die liebevolle und zärtlich nachsichtige Menschlichkeit des Dichters gehört den Verirrten, den Beladenen, den Träumern, den einfach Gläubigen, den Getriebenen, den Außenseitern, überhaupt diesem farbigen Dorado noch aller Möglichkeiten. So malt sie aus tiefer Weisheit diesen Roman einer Landschaft zu einem Gleichnis, in dem wir unser aller Schicksal in Bitternis und Glück des Daseins erkennen.

 ein Ullstein Buch

John Steinbeck

Von Mäusen und Menschen

Ullstein Buch 2693

»Dies ist die Geschichte zweier Landstreicher, die balladenhaft ergreifende Geschichte der Lebensgemeinschaft zwischen einem baumstarken Schwachsinnigen, dessen kindliches Gemüt alles Weiche liebt und in seiner Riesenfaust erdrückt, und dem Freund und Beschützer, der verzweifelt gegen das Verhängnis sich anstemmt und es doch nicht abwehren kann. Es ist eine Geschichte, die in ihrer absichtslosen schönen Verlorenheit die Unausdeutbarkeit aller großen Dichtung erreichte, ein Meisterwerk amerikanischer Erzählungskunst und vielleicht der beste und eigentümlichste Beitrag Amerikas zum englischen Schrifttum unserer Tage.«

Neue Zürcher Zeitung

ein Ullstein Buch

Paul Carell

Sie kommen

Ullstein Buch 33008

Der deutsche Bericht über die Invasion und die 80tägige Schlacht um Frankreich

Über die größte Materialschlacht der Weltgeschichte gab es bisher nur amtliche Darstellungen und Berichte hoher Offiziere, in denen Zahlen und Daten die wichtigste Rolle spielten. Carells Darstellung der gewaltigen Schlacht ist deshalb so unerhört packend und eindringlich, weil er beide Fronten nicht nur aus der Sicht der Generäle schildert, sondern auch aus der Sicht des einfachen Soldaten, der vorn im Schützenloch das Inferno erlebte. Dieses Buch wird nicht nur diejenigen Leser packen, die damals dabei waren, sondern jeden an jüngster Geschichte Interessierten fesseln.

Zeitgeschichte

William S. Burroughs

The Naked Lunch

Ullstein Buch 2843

»Das Kriterium der Pornographie ist, daß sie die sogenannten normalen Menschen zur Wollust aufreizen muß. Die Anschuldigung, Naked Lunch sei Pornographie, ist Unsinn und als solcher erkannt worden. Denn der einzige Effekt, den dieses Buch auf irgend jemand haben wird, ist der, dem Sex abzuschwören.« Newsweek

»Ein Buch voller Schönheit, großer Schwierigkeit und exquisiter Einsicht.« Norman Mailer

ein Ullstein Buch

Friedrich Dürrenmatt

Grieche sucht Griechin

Ullstein Buch 199

Weil er wohl selber das betrübliche Schicksal als unbillig empfand, das den armen Unterbuchhalter Arnolph Archilochos seiner gesuchten Griechin, kaum daß er sie gefunden, wieder verlustig gehen ließ, hat der sonst so unbarmherzige Zeitdiagnostiker Dürrenmatt dieser hinreißenden Prosakomödie ein versöhnliches Ende angehängt.

ein Ullstein Buch

Henry James

ein Ullstein Buch

Erich Maria Remarque

ein Ullstein Buch